# DE PASSAGEM

NELLA LARSEN foi uma das principais escritoras da Renascença do Harlem. Nascida Nellie Walker, em 13 de abril de 1891, em Chicago, mudou-se para Nova York na década de 1910, onde trabalhou como enfermeira e bibliotecária. Começou a publicar seus escritos na década de 1920, e seu primeiro romance, *Quicksand*, saiu em 1928. *De passagem* foi publicado no ano seguinte. Larsen recebeu a prestigiosa bolsa Guggenheim, além de ter sido condecorada com o prêmio William E. Harmon destinado a trabalhos notáveis de pessoas negras. Por razões pessoais e profissionais, Larsen não conseguiu publicar seu terceiro romance e, no final da década de 1930, parou de escrever. Ela trabalhou como enfermeira até sua morte, em 1964.

FLORESTA escreve, traduz, edita e mandinga. Pesquisa narrativas e poéticas macumbeiras, literaturas insurgentes e performances tradutórias. Tem editados os livros *poemas crus* (2016), *genealogia* (2019), *panaceia* (2020, menção honrosa no II Prêmio Mix Literário) e *rio pequeno* (2022).

BIANCA SANTANA é jornalista e escritora. Doutora em ciência da informação pela Universidade de São Paulo, é autora de *Continuo preta: A vida de Sueli Carneiro* (2021) e *Quando me descobri negra* (2015), e organizadora das coletâneas *Inovação ancestral de mulheres negras: Táticas e políticas do cotidiano* (2019) e *Vozes insurgentes de mulheres negras: Do século XVIII à primeira década do século XXI* (2019).

RUAN NUNES SILVA é professor de língua inglesa e literaturas de língua inglesa na Universidade Estadual do Piauí (Campus Parnaíba), na qual também atua no Programa de Pós-Graduação em letras. Desenvolve pesquisas em questões de gênero, sexualidade e identidade a partir de perspectivas feministas, queer e pós-coloniais.

NELLA LARSEN

# De passagem

*Tradução de*
FLORESTA

*Apresentação de*
BIANCA SANTANA

*Posfácio de*
RUAN NUNES SILVA

*Grafia atualizada segundo o Acordo Ortográfico da Língua Portuguesa de 1990, que entrou em vigor no Brasil em 2009.*



Published by Companhia das Letras in association with Penguin Group (USA) Inc.

TÍTULO ORIGINAL
Passing

PREPARAÇÃO
Luise Fialho

REVISÃO
Jane Pessoa
Gabriele Fernandes

Dados Internacionais de Catalogação na Publicação (CIP)
(Câmara Brasileira do Livro, SP, Brasil)

Larsen, Nella
De passagem / Nella Larsen ; tradução de Floresta ; apresentação de Bianca Santana. — 1ª ed. — São Paulo : Penguin-Companhia das Letras, 2022.

Título original: Passing.
ISBN 978-85-8285-151-7

1. Ficção norte-americana I. Santana, Bianca. II. Título.

22-114612 CDD-813

Índice para catálogo sistemático:
1. Ficção : Literatura norte-americana 813
Eliete Marques da Silva – Bibliotecária – CRB-8/9380

[2022]

EDITORA SCHWARCZ S.A.
Rua Bandeira Paulista, 702, cj. 32
04532-002 — São Paulo — SP
Telefone: (11) 3707-3500
www.penguincompanhia.com.br
www.companhiadasletras.com.br
www.blogdacompanhia.com.br

# Sumário

# Apresentação

BIANCA SANTANA

Para leitoras brasileiras, a afirmação de Irene Redfield sobre Brian, seu marido, diz ainda mais que para leitoras dos Estados Unidos, onde Nella Larsen escreveu e publicou *De passagem*: "Brian não se importa com mulheres, em especial mulheres doentes. Às vezes, eu queria que se importasse. É a América do Sul que o atrai". O médico negro sonhava em viver com os filhos no Brasil, onde estaria longe da violência racial norte-americana. Em 1929, ano de publicação do romance, a democracia racial era um bem-sucedido produto de exportação brasileiro.

Tanto que, dez anos depois, a antropóloga norte-americana Ruth Landes, filha de imigrantes judeus russos, foi uma das que veio ao Brasil estudar a tão propagada harmonia entre as raças. Depois de dois anos de pesquisa, e outros seis anos de intervalo antes da publicação de *A cidade das mulheres*, Ruth ironiza, no prólogo:

> Este livro acerca do Brasil não discute os problemas raciais ali — porque não havia nenhum. Descreve, simplesmente, a vida de brasileiros de raça negra, gente graciosa e equilibrada, cujo encanto é proverbial na sua própria terra e imorredouro na minha memória.[1]

Um desavisado talvez tenha dificuldade em perceber a sagacidade da jovem pesquisadora em não bater de frente com o então aclamado Gilberto Freyre. Mas, no consistente relato que Ruth faz de candomblés da Bahia, fica explícita sua escolha de narrar a cidade negra em sua pulsão de vida, em vez de discutir problemas raciais que não podiam existir no Brasil.

Brian, médico negro de classe média, apesar de desfrutar uma vida confortável, sabia da importância de alertar os filhos sobre o linchamento de pessoas negras. "Pai, por que eles só lincham pessoas de cor?", pergunta o menino de pele escura. "Porque eles as odeiam, filho", responde Brian, antes da censura de Irene. A nova-iorquina, que não cogitava sair de seu país natal, queria proteger os filhos do temor provocado pelo racismo. Talvez por isso intuísse que o Brasil não era um bom lugar para eles. Mas a insegurança provocada pelo desejo do marido tirava a paz de Irene. Tanto quanto a atenção que Brian, mais tarde, passou a dedicar a outra mulher: Clare Kendry, amiga de infância de Irene, negra de pele clara que construiu uma identidade branca naquele cenário de apartheid e desigualdade de direitos. O marido supremacista branco de Clare não parecia suspeitar do sangue negro da esposa, a quem chamava de pretinha: "A América do Sul seria um lugar promissor se eles conseguissem se livrar daqueles pretos", afirmou a Irene, certa vez.

Passar-se por branca, em um contexto de violência permanente contra pessoas negras, não era confortável para Clare, que se distanciou do passado, da família, do bairro de origem e das amigas. Tampouco era seguro para Irene, que experimentava circular em lugares interditados para pessoas negras no intervalo entre cuidar dos filhos e orquestrar ações de caridade para os irmãos negros e pobres. A asfixia das personagens é marcada pelas palavras hábeis de Nella Larsen, e ficou calcada em mim a sensação de incredulidade com a audácia do término da narrativa. Podemos sentir no corpo a falta de ar.

Nella Larsen nasceu ainda no século XIX, em 1891, em

Chicago, nos Estados Unidos. Era filha de pai negro, imigrante caribenho das Antilhas Dinamarquesas, atualmente território norte-americano, e mãe branca, imigrante dinamarquesa. A menina, cuja mãe trabalhava como empregada doméstica, cresceu longe do pai e adotou o sobrenome do padrasto. Nella passou a vida experimentando o não lugar tantas vezes imposto a quem não se percebe negro, por ser muito claro para ser preto e muito escuro para ser branco. Formou-se enfermeira e se casou com o segundo homem negro a ter um título de doutorado nos Estados Unidos, o físico Elmer Imes, de quem se separou depois de descobrir uma relação extraconjugal. Divorciada e sem filhos, Nella passou a receber pensão e teve um teto todo seu para se dedicar à literatura até a morte do ex-marido, quando precisou voltar a trabalhar como enfermeira. Escritora premiada, foi a primeira mulher negra a receber a bolsa Guggenheim.

Ler a obra de Nella Larsen publicada pelo selo Penguin-Companhia das Letras, como o clássico da literatura que de fato é, lembrou-me da notícia de que o romance *Úrsula*, de Maria Firmina dos Reis, havia sido publicado pelo mesmo selo, em 2018. Naquele ano, foram lançadas outras duas publicações do então esgotado romance brasileiro de 1859, cuja edição anterior mais recente datava da década de 1970. Maria Firmina dos Reis, mulher negra e maranhense, também publicou poesia, ficção e crônicas na imprensa. Professora, escrevera o romance abolicionista quase trinta anos antes de 1888, quando foi assinada — e ficou apenas no papel — a abolição da escravidão no Brasil. É bastante comum que, ainda hoje, não se saiba de uma escritora negra brasileira a ter publicado um romance no Brasil do século XIX. E isso informa muito sobre o racismo no país, e sobre o epistemicídio que Sueli Carneiro explicou em sua tese de doutorado, de 2005.[2]

A tarefa de resgatar textos de autoria negra e disseminá-los pelo país ainda não foi suficientemente compreendida. Em minha tese de doutorado, de 2020, reúno títulos e autoras a partir de uma pesquisa em dicionários literários e estudos de diferentes áreas do conhecimento.[3] Mas, dos textos que listei, a maior parte não pude ler por não ter obtido acesso aos originais.

Para citar algumas autoras: Luciana de Abreu, entre 1870 e 1880, participou da sociedade Partenon Literário, em Porto Alegre, que, além de arrecadar fundos para libertar pessoas escravizadas e realizar saraus literários para aprimorar a educação das mulheres, também publicava discursos abolicionistas. Luciana é autora de uma coletânea de ensaios intitulada *Preleções*. Em 1900, Auta de Souza, no Rio Grande do Norte, publicou o romance *Horto*. Maria Dimpina Lobo Duarte, bacharela em ciências e letras, fundou escolas e a Federação Mato-Grossense pelo Progresso Feminino, pela qual editou a revista *Violeta*, em Cuiabá, em 1916.

Nos anos 1920 e 1930, Antonieta de Barros publicou cerca de 150 textos em jornais. Em 1933, Adelaide de Castro Alves Guimarães, irmã de Castro Alves, publicou *O imortal*. Entre as décadas de 1920 e 1940, Eunice Cunha manteve uma coluna no jornal negro *O Clarim d'Alvorada*, convocando mulheres negras à luta política. Paulista como Eunice, me empenhei em encontrar ao menos um texto publicado por ela. Mas, entre as edições digitalizadas d'*O Clarim* por um projeto de preservação de periódicos negros da USP, não havia nenhum. Nem no arquivo do estado, nem na Biblioteca Mário de Andrade.

Passei semanas no encalço de rastros de textos que eu sabia terem sido escritos e publicados por ela, mas que não estavam disponíveis. Entrei em contato com seu filho, Henrique Cunha Junior, professor da Universidade Federal do Ceará, que não tem os textos da mãe, mas me recomendou conversar com o professor Amauri Pereira, da UFRJ. Animado por saber que mais alguém estava interessado na obra de Eunice Cunha como ele, Amauri fotografou um texto de Eunice com o celular e me mandou pelo WhatsApp. E assim pude, finalmente, ler a defesa das empregadas domésticas feita por Eunice. Transcrevi o artigo e o incluí na coletânea *Vozes insurgentes de mulheres negras: Do século XVIII à primeira década do século XX*.[4]

Para Eunice Cunha, o fim do trabalho doméstico significava romper com a exclusão social de negras e negros no Brasil:

> E nós, patrícias, precisamos nos mover, sacudir a indolência que ainda nos domina e nos faz tardias. O cativeiro moral para nós negros ainda perdura. Muito a propósito do triste conceito que fazem sobre nós, olhemos o que nos preparam, notemos a fundação desta Escola Luiz Gama com o fim de preparar meninas de cor para serviços domésticos. Por esta iniciativa se vê que para os brancos não possuímos outra capacidade, outra utilidade ou outro direito a não ser eternamente o de escravo.
>
> No passado íamos das senzalas aos eitos, e hoje pretendem nos promover achando que só podemos ir da cozinha à copa.
>
> Mas isto não sucederá, só se não houver negros que sintam bem de perto a necessidade de nos movimentar para nossa reabilitação na vida social.[5]

Na primeira metade do século XX, Eunice já alertava que romper com o trabalho doméstico era o caminho para acabar com a continuidade do modelo escravocrata e colonialista na sociedade brasileira. Não bastaria, portanto, contratar trabalhadoras domésticas bem remuneradas e com direitos garantidos para que fizessem o trabalho considerado menor. Cada um tomar para si a responsabilidade de manutenção da própria vida parece o caminho para uma sociedade em que negras e negros não sejam eternamente escravizados.

De meu limitado levantamento, poderia seguir enumerando as escritoras negras brasileiras que publicaram os mais diversos gêneros textuais. E não é absurdo imaginar que muito mais foi publicado e escapou de minhas pesquisas — além dos escritos que podem não ter vindo a público e estão esperando por nós, como a carta que Esperança Garcia, mulher negra escravizada no sertão do Piauí no século XVIII, endereçou ao então governador e que foi encontrada, dois séculos depois, pelo historiador Luiz Mott no arquivo público do estado quando ele realizava sua pesquisa de mestrado, em 1979.[6]

Não existem dados sobre a porcentagem da população brasileira que era alfabetizada nesse período, mas o primeiro censo do país, de 1872, registrou que 82,3% dela era analfabeta. Cem anos antes, em 1770, Esperança Garcia escrevera uma carta de próprio punho endereçada ao governador, denunciando as violências a que fora submetida por, pelo menos, oito anos, antes de fugir e viver fora do cativeiro.

Distante dos estereótipos atribuídos às negras escravizadas, Esperança era alfabetizada, tinha uma família composta de marido e filho e não aceitava a submissão, fazendo da palavra escrita um instrumento de reivindicação política. Com a linguagem atualizada por pesquisadores da Universidade Federal do Piauí, Esperança escreveu:

> Eu sou uma escrava de V.S.a administração de Capitão Antonio Vieira de Couto, casada. Desde que o Capitão lá foi administrar, que me tirou da Fazenda dos Algodões, aonde vivia com meu marido, para ser cozinheira de sua casa, onde nela passo tão mal. A primeira é que há grandes trovoadas de pancadas em um filho nem, sendo uma criança que lhe fez extrair sangue pela boca; em mim não poço explicar que sou um colchão de pancadas, tanto que caí uma vez do sobrado abaixo, peada, por misericórdia de Deus escapei. A

> segunda estou eu e mais minhas parceiras por confessar a três anos. E uma criança minha e duas mais por batizar. Pelo que peço a V.S. pelo amor de Deus e do seu valimento, ponha aos olhos em mim, ordenando ao Procurador que mande para a fazenda aonde ele me tirou para eu viver com meu marido e batizar minha filha. De V.Sa. sua escrava, Esperança Garcia.[7]

Esperança Garcia, Eunice Cunha, Maria Firmina dos Reis e tantas outras escreveram, como Nella Larsen, sobre as dores do racismo e do machismo, e também sobre a complexidade humana. Na voz de Clare, Nella provoca:

> Isso e elas me transformaram no que eu sou hoje. Pois, é claro, eu estava decidida a ir embora, a ser uma pessoa, e não uma caridade, um problema ou até mesmo uma filha do indiscreto Cam. Além disso, eu tinha minhas ambições. Sabia que não tinha má aparência e que podia "me passar". Você nem imagina, Rene, que eu quase odiava todos vocês na época em que costumava ir para o sul da cidade. Vocês tinham tudo o que eu sempre quis e nunca tive, o que me fez ficar mais do que determinada a conquistar todas essas coisas, e outras mais. Você é capaz de entender o que eu sentia? (p. 44)

Em tempos de uma retomada tão frágil da falácia da democracia racial, atualizada com o absurdo "racismo reverso", cabe a esperança de que a leitura de uma autora negra norte-americana do início do século XX nos permita entender.

## Notas

1 Ruth Landes, *A cidade das mulheres*. Trad. de Maria

Lúcia do Eirado Silva. 2. ed. rev. Rio de Janeiro: Editora UFRJ, 2002.

2 Sueli Carneiro, *A construção do outro como não ser como fundamento do ser*. São Paulo: USP, 2005. Tese (Doutorado em Educação).

3 Bianca Santana, *A escrita de si de mulheres negras: Memória e resistência ao racismo*. São Paulo: USP, 2020. Tese (Doutorado em Ciência da Informação).

4 Id. (Org.), *Vozes insurgentes de mulheres negras: Do século XVIII à primeira década do século XXI*. Belo Horizonte: Mazza; Fundação Rosa Luxemburgo, 2019.

5 Ibid., pp. 31-2.

6 Luiz Mott, *Piauí colonial: População, economia e sociedade*. Teresina: Projeto Petrônio Portella, 1985.

7 Ibid., p. 106.

# De passagem

*Para Carl Van Vechten e Fania Marinoff*

*One three centuries removed*
*From the scenes his fathers loved,*
*Spicy grove, cinnamon tree,*
*What is Africa to me?*

[Três séculos afastado
Das amadas cenas paternas,
Arvoredo temperado, de canela,
O que é a África para mim?]
Countée Cullen

# PARTE I

# Encontro

# I

Era a última carta da pequena pilha de correspondência matinal de Irene Redfield. Depois das cartas costumeiras e objetivas, o comprido envelope feito de fino papel italiano, com caligrafia quase ilegível, parecia estranho e deslocado. Também havia algo misterioso e ligeiramente furtivo nele, um objeto fino e dissimulado que não trazia endereço de remetente. Não que ela não tenha identificado de pronto quem o enviara. Havia cerca de dois anos, Irene recebera um envelope muito parecido com aquele. Furtivo, mas que ainda assim, de forma peculiar e determinada, continha alguma ostentação. Tinta púrpura. Papel importado de tamanho extraordinário.

O envelope, Irene notou, fora postado em Nova York no dia anterior. Suas sobrancelhas se uniram em um leve franzir que, no entanto, se deu mais por perplexidade que por incômodo; embora houvesse um pouco dos dois em seus pensamentos. Irene era totalmente incapaz de compreender aquela atitude diante do perigo que, com certeza, o conteúdo da carta revelaria; e não lhe agradava a ideia de abri-la para ler.

Isso, ela refletiu, condizia com tudo o que sabia sobre Clare Kendry. Sempre à beira do perigo. Sempre atenta, mas sem nunca recuar ou se esquivar. Decerto não por causa dos avisos ou da indignação das outras pessoas.

E por um breve momento, Irene Redfield viu uma garotinha pálida sentada em um puído sofá azul, costurando pedaços de tecido vermelho vivo enquanto seu pai bêbado, um homem alto, de constituição vigorosa, enfurecia-se ameaçador, andando para lá e para cá na sala decadente, bramindo maldições e fazendo contra ela convulsivas investidas que não eram menos assustadoras por serem, na maior parte, ineficazes. Por vezes ele conseguia alcançá-la. Mas só o fato de a criança ter se esgueirado com sua pobre costura para o canto mais afastado do sofá sugeria que essa ameaça a si mesma e ao seu trabalho a perturbava de alguma forma.

Clare sabia muito bem que não era seguro gastar parte de seu ordenado semanal, que ela recebia pelas muitas tarefas realizadas para a costureira que morava no último andar do prédio do qual Bob Kendry era zelador. Mas isso não a impediu. Ela queria ir ao piquenique da escola dominical e decidiu usar um vestido novo. Então, apesar de algum desagrado e do perigo iminente, ela pegou o dinheiro e comprou material para fazer aquele patético vestidinho vermelho.

Não havia, mesmo naquela época, nada sacrificial na ideia que Clare Kendry fazia da vida, nenhuma lealdade a qualquer coisa além de seu desejo imediato. Ela era egoísta, fria e dura. E, ainda assim, possuía também uma estranha capacidade de levar o ardor e a paixão quase ao ponto de um heroísmo teatral.

Irene, que era um ou dois anos mais velha que Clare, lembrou-se do dia em que o corpo de Bob Kendry fora trazido para casa, morto em uma estúpida briga de bar. Clare, que na época tinha pouco menos de quinze anos, ficara ali parada com os lábios apertados, os braços finos cruzados no peito estreito, encarando o rosto branco, pálido e familiar do pai, com uma espécie de desdém nos olhos pretos e oblíquos. Ela ficou assim por um bom tempo, em silêncio e observando. Então, de repente, cedeu a uma torrente de choro, balançando o corpo magro, arrancando os cabelos claros e batendo os pés pequenos. A explosão cessou de forma tão repentina quanto começara. Ela olhou rapidamente ao redor do cômodo vazio e envolveu todos, até os dois policiais, em um olhar afiado que soltava faíscas de desprezo. E, no instante seguinte, virou-se e sumiu pela porta.

Quando vista através do longo decorrer dos anos, a coisa parecia mais uma manifestação de fúria reprimida do que um transbordar de luto pelo pai morto; embora, Irene admitia, Clare gostasse bastante dele, à sua própria maneira felina.

Felina. Essa com certeza era a palavra que melhor descrevia Clare Kendry, se é que alguma palavra podia descrevê-la. Às vezes, ela era dura e quase desprovida de sentimento; às vezes, era afetuosa e impulsiva. E havia nela uma malícia muito suave, muito bem escondida até que a provocassem. Então, ela era capaz de arranhar, e de forma bastante eficaz. Ou, se impelida à raiva, lutava com uma ferocidade e um ímpeto que a faziam ignorar ou esquecer qualquer perigo, superioridade em força e número ou quaisquer outras circunstâncias desfavoráveis. Com que selvageria ela unhou aqueles meninos no dia em que eles vaiaram o pai dela e cantaram versinhos zombeteiros, de composição própria, que apontavam certas excentricidades em seu caminhar desorientado! E quão deliberadamente ela...

Irene trouxe a atenção de volta ao presente, para a carta de Clare Kendry que ela ainda segurava fechada. Com leve apreensão, abriu o envelope devagar, tirou dele as folhas, desdobrou-as e começou a ler.

Era, Irene logo percebeu, o que ela havia esperado desde que soube, pelo carimbo do correio, que Clare estava na cidade. Um desejo, expresso de forma extravagante, de ver Irene mais uma vez. Bem, Irene disse a si mesma, ela não precisava nem iria consentir com aquilo. Nem ajudaria Clare a realizar seu tolo desejo de voltar por um momento àquela vida que havia muito tempo, e por escolha própria, ela abandonara.

Irene correu os olhos pela carta, decifrando o melhor que pôde as palavras descuidadas ou intuindo o que elas significavam.

"... Pois estou me sentindo só, tão só... Não posso evitar esse desejo de estar com você de novo, como nunca desejei nada antes; e eu já quis muitas coisas na vida... Você não sabe como nesta minha vida sem cor estou o tempo inteiro vendo imagens alegres daquela outra da qual me livrei um dia, pensando que assim seria feliz... É como uma dor, uma mágoa que nunca acaba..." Folhas e mais folhas disso. E enfim terminando com "e é culpa sua, Rene querida. Ao menos em parte. Pois talvez eu não soubesse que sinto esse terrível e incontrolável desejo se não tivesse encontrado você naquela vez em Chicago..."

Manchas vermelhas e brilhantes arderam nas bochechas quentes e azeitonadas de Irene Redfield.

"Naquela vez em Chicago." Essas palavras se destacavam entre os muitos parágrafos, trazendo com elas uma lembrança clara e bem definida em que mesmo agora, depois de dois anos, humilhação, ressentimento e raiva se misturavam.

# 2

Foi disto que Irene Redfield se lembrou.

Chicago. Agosto. Um dia claro e abafado, com sol brutal e insistente emanando raios que mais pareciam uma chuva escaldante. Um dia em que até o contorno dos prédios estremecia como se protestasse contra o calor. Linhas trêmulas brotavam de calçadas cozidas e se contorciam no encalço brilhante dos carros. Os automóveis estacionados no meio-fio eram um fogo dançante, e o vidro das vitrines exalava um brilho ofuscante. Nítidas partículas de poeira se erguiam das calçadas em chamas, picando a pele queimada ou derretida dos pedestres esmorecidos. Ali, a mais leve brisa parecia o sopro de uma chama alimentada por foles lentos.

Foi naquele dia, entre todos os outros, que Irene decidiu comprar as coisas que havia prometido levar de Chicago para os filhos pequenos, Brian Junior e Theodore. Como sempre, ela teve que adiar as compras até que restassem apenas alguns dias tumultuados de sua longa visita. E apenas nesse dia mormacento estava livre de compromissos até a noite.

Ela não teve muita dificuldade em encontrar o avião mecânico de Junior. Mas o caderno de desenho, sobre o qual Ted dera instruções precisas de modo grave e insistente, fez com que ela entrasse e saísse de cinco lojas com as mãos abanando.

Foi quando estava a caminho da sexta loja que, bem diante de seus olhos irritados, um homem caiu e virou um amontoado inerte estatelado no cimento abrasador. Uma pequena multidão se reuniu em volta da figura sem vida. Alguém perguntou a Irene se o homem estava morto ou se apenas havia desmaiado. Mas ela não sabia e nem tentou descobrir. Em vez disso, abriu caminho para fora da multidão crescente, sentindo-se desagradavelmente úmida, grudenta e suja pelo contato com tantos corpos suados.

Por um momento, ficou ali se abanando e secando o rosto com um pedaço insuficiente do lenço. De repente, ela se deu conta de que a rua toda parecia oscilar e percebeu que estava prestes a desmaiar. Sentindo necessidade imediata de abrigo, Irene balançou uma mão vacilante na direção de um táxi estacionado bem diante dela. O motorista suado saltou e a guiou até o carro. Ele a ajudou a entrar, quase carregando-a para dentro do táxi. Irene afundou no banco de couro quente.

Seus pensamentos ficaram nebulosos por um minuto. E então clarearam.

"Acho", ela disse ao seu bom samaritano, "que preciso de um chá. Num terraço em algum lugar."

"O Drayton, madame?", ele sugeriu. "Dizem que sempre tem uma brisa lá em cima."

"Obrigada. Penso que o Drayton vai cair bem", ela disse.

Ouviu-se um discreto ranger da embreagem enquanto o homem engatava a marcha, deslizando com habilidade em direção ao tráfego fervilhante. Recuperando-se com a brisa morna gerada pelo táxi em movimento, Irene fez algumas tentativas comedidas de reparar o estrago que o calor e a multidão haviam feito em sua aparência.

Logo o ruidoso veículo disparou em direção à calçada e parou. O motorista lançou-se a abrir a porta antes que o porteiro emperiquitado do hotel pudesse alcançá-la. Ela saiu, agradecendo-o com um sorriso e também de uma forma mais substancial por sua afabilidade e compreensão tão gentis, e atravessou as portas amplas do Drayton.

Ao sair do elevador que a levou até o terraço, ela foi conduzida à mesa diante de uma grande janela, cujas cortinas sugeriam uma brisa fresca em seu movimento suave. Foi, ela pensou, como se tivesse flutuado em um tapete mágico até um mundo diferente, agradável, calmo e estranhamente apartado daquele outro crepitante que deixara lá embaixo.

O chá, quando chegou, era tudo o que ela havia desejado e esperado. Na verdade, tanto era o que Irene havia desejado e esperado que, depois do primeiro gole profundamente refrescante, ela foi capaz de se esquecer daquele mundo, bebericando aqui e ali no copo alto e verde, um pouco distraída, enquanto examinava o lugar ou olhava para fora, para alguns prédios mais baixos, para o azul brilhante e imóvel do lago que alcançava um horizonte indefinido.

Ficou olhando lá para baixo por um tempo, para os pontinhos que eram os carros e as pessoas andando furtivas pela rua, pensando em quão tolas elas pareciam, quando, ao erguer o copo, ficou surpresa de encontrá-lo vazio. Pediu mais chá e, enquanto esperava, começou a relembrar os acontecimentos do dia e a se perguntar o que faria a respeito de Ted e seu caderno. Por que ele sempre queria algo difícil ou impossível de encontrar? Como o pai dele. Sempre querendo alguma coisa que não podia ter.

Logo depois, ouviram-se vozes: uma, masculina e estrondosa; outra, feminina e um pouco rouca. Um garçom passou por ela, seguido de uma mulher com perfume doce em um vestido esvoaçante de chiffon verde, cujo padrão mesclado de narcisos, junquilhos e jacintos foi uma recordação dos dias agradáveis e calmos da primavera. Atrás dela, havia um homem de rosto bastante vermelho que secava a nuca e a testa com um grande lenço amassado.

"Céus!", resmungou Irene, irritada com o aborrecimento, porque, depois de alguma discussão e comoção, os dois pararam na mesa bem ao lado da sua. Ela estivera sozinha ali na janela, num momento calmo e satisfatório. Agora, é claro, eles iriam começar a tagarelar.

Mas não. Apenas a mulher se sentou. O homem permaneceu de pé, mexendo distraído o nó de sua gravata muito azul. No lado oposto ao pequeno espaço que separava as duas mesas, a voz dele soava com nitidez.

"Então, até logo", ele declarou, olhando para a mulher. Havia prazer em sua voz e um sorriso em seu rosto.

Os lábios da acompanhante se abriram em resposta, mas suas palavras foram borradas pela pequena distância e pela mistura de barulhos que subia da rua. As palavras não alcançaram Irene. Mas ela notou o sorriso peculiar e carinhoso que as acompanharam.

O homem disse: "Bem, acho que é melhor", sorriu mais uma vez, disse adeus e foi embora.

Era uma mulher atraente, na opinião de Irene, com aqueles olhos escuros, quase pretos, e aquela boca larga como uma flor escarlate contrastando com o marfim da pele. Também vestia boas roupas, adequadas ao clima, finas e frescas sem parecer desleixadas, como as peças de verão são tão propensas a ser.

Um garçom anotava o pedido dela. Irene viu o sorriso da mulher enquanto murmurava alguma coisa para ele — obrigada, talvez. Era um tipo singular de sorriso. Irene não conseguiu defini-lo, mas tinha certeza de que ela o teria achado um pouco provocativo demais para ser dirigido a um garçom, se tivesse partido de outra pessoa. Mas havia algo naquela mulher que a fez hesitar em julgar seu sorriso dessa forma. Uma certa impressão de confiança, quem sabe.

O garçom voltou com o pedido. Irene observou a mulher abrir o guardanapo, viu a colher de prata na mão branca cortando o dourado opaco do melão. Então, consciente de que a estava encarando, ela desviou rapidamente o olhar.

Seus pensamentos regressaram aos próprios assuntos. Ela havia resolvido, enfim, o problema de qual dos dois vestidos seria o mais apropriado para o jogo de bridge daquela noite, em cômodos cuja atmosfera estaria tão densa e quente que cada respiração seria como cheirar uma sopa. Com o vestido escolhido, seus pensamentos voltaram para a questão do caderno de Ted, seus olhos distraídos bem longe, no lago, quando, por algum sexto sentido, Irene teve certeza de que alguém a estava observando.

Ela olhou bem devagar ao redor, e dentro dos olhos escuros da mulher de vestido verde na mesa ao lado. Mas a outra evidentemente não percebeu que aquele interesse tão intenso que demonstrava poderia ser embaraçoso e continuou a encará-la. Seu comportamento era próprio de uma pessoa determinada a gravar com firmeza e precisão cada detalhe das feições de Irene para sempre na memória, sem demonstrar o menor sinal de vergonha por ter sido surpreendida em seu diligente escrutínio.

No entanto, foi Irene quem se incomodou. Sentindo-se corar por causa daquela inspeção contínua, ela baixou os olhos. Que motivo, pensou, poderia haver para uma atenção tão persistente? Teria ela, na pressa para entrar no táxi, colocado o chapéu ao contrário? Com cuidado, Irene o apalpou. Não. Talvez houvesse uma mancha de pó em alguma parte de seu rosto. Ela se limpou depressa com o lenço. Algo errado com o seu vestido? Deu uma olhada nele. Tudo no perfeito lugar. *O que* seria?

Mais uma vez, Irene ergueu o olhar, e, por um momento, seus olhos castanhos devolveram com educação a mirada daqueles olhos pretos, que nem sequer por um instante baixaram ou vacilaram. Em pensamento, Irene deu de ombros. Bem, que olhe! Ela tentou tratar a mulher e sua contemplação com indiferença, mas não conseguiu. Todos os esforços para ignorá-la, para ignorar sua atenção, foram inúteis. Ela lançou outro olhar furtivo. A mulher ainda a observava. Que olhos estranhos e lânguidos!

E, aos poucos, surgiu em Irene uma pequena perturbação íntima, odiosa e detestavelmente familiar. Ela sorriu de leve, mas seus olhos brilharam.

Aquela mulher sabia, ou poderia aquela mulher de alguma forma saber, que ali, bem diante dos olhos dela, no terraço do Drayton, estava uma negra?

Absurdo! Impossível! Pessoas brancas eram tão estúpidas para perceber essas coisas, ainda que afirmassem o quanto eram perceptivas; e pelos mais ridículos meios: unhas, palmas das mãos, formato das orelhas, dentes e outras bobagens igualmente tolas. Sempre a tomavam por italiana, espanhola, mexicana ou cigana. Nunca, quando estava sozinha, as pessoas pareciam sequer suspeitar de que era negra. Não, a mulher que estava ali sentada encarando-a não poderia saber.

No entanto, Irene sentiu raiva, desprezo e medo recaindo sobre si. Não que tivesse vergonha de ser negra, ou mesmo de ter isso alardeado. Era a ideia de ser expulsa de qualquer lugar, ainda que de maneira educada e polida, como o Drayton talvez faria, que a perturbava.

Mas ela voltou a olhar, agora com ousadia, para dentro daqueles olhos ainda francamente cravados nela. Não lhe pareciam hostis ou ressentidos. Pelo contrário, Irene sentiu que estavam prestes a sorrir se ela fizesse o mesmo. Uma tolice, é claro. O sentimento passou e ela virou o rosto com o firme propósito de manter o olhar no lago, nos telhados dos prédios do outro lado da rua, no céu, em qualquer lugar que não naquela mulher inoportuna. Quase que de pronto, no entanto, seus olhos se voltaram mais uma vez para ela. Em meio à névoa de inquietação, Irene foi tomada pelo desejo de olhar a rude observadora por mais tempo. Digamos que a mulher soubesse ou suspeitasse de sua raça. Ela não seria capaz de provar.

De repente, o medo discreto cresceu. A vizinha de mesa havia se levantado e estava vindo em sua direção. O que aconteceria agora?

"Desculpe", a mulher disse, com cordialidade, "mas acho que conheço você." Sua voz levemente rouca guardava um tom duvidoso.

Olhando para ela, as suspeitas e o medo de Irene desapareceram. Não havia como duvidar da simpatia daquele sorriso ou resistir ao seu charme. Num instante, Irene se rendeu e também sorriu enquanto dizia: "Receio que você tenha se enganado".

"Ora, é claro, eu conheço você!", a outra exclamou. "Não me diga que é Irene Westover. Ou ainda a chamam de Rene?"

No breve momento que antecedeu sua resposta, Irene tentou em vão se lembrar de onde e de quando essa mulher poderia tê-la conhecido. Ali, em Chicago. E antes de seu casamento. Isso tudo era óbvio. Colégio? Faculdade? Comitês da YWCA? Colégio, mais provável. Quais garotas brancas a conheceram bem o suficiente para abordá-la daquele jeito familiar? A mulher diante de Irene não se parecia com nenhuma delas. Quem era ela?

"Isso mesmo, eu sou Irene Westover. E embora não me chamem mais de Rene, é bom ouvir esse nome de novo. E você..." Ela hesitou, envergonhada por não ser capaz de lembrar e esperando que a frase fosse finalizada pela outra.

"Você não me reconhece? Não mesmo, Rene?"

"Desculpe, mas no momento não consigo me lembrar de você."

Irene estudou a adorável criatura ao lado, à procura de alguma pista de sua identidade. Quem poderia ser? Onde e quando elas se conheceram? E, em meio à perplexidade, veio o pensamento de que a peça que sua memória lhe havia pregado foi, por algum motivo, mais gratificante do que desanimadora para sua velha conhecida, que não se importou em não ser identificada.

Além disso, Irene sentiu que estava prestes a se lembrar dela. Pois havia naquela mulher uma qualidade intangível, muito vaga para definir, muito distante para perceber, mas que era bem familiar para Irene Redfield. E aquela voz. Era certo que ela ouvira aquele tom rouco em algum lugar antes. Talvez o tempo, as relações ou qualquer outra coisa o tivessem afetado a ponto de transformá-lo numa voz que sugeria, remotamente, a Inglaterra. Ah! Poderiam ter se conhecido na Europa? Rene. Não.

"Talvez", começou Irene, "você..."

A mulher riu, uma risada adorável, uma breve sequência de notas, como um trinado, e também como o som de um delicado sino feito de metal precioso, um tilintar.

Irene inspirou breve e fundo. "Clare!", exclamou. "Clare Kendry? Não pode ser."

O espanto foi tão grande que ela começou a se levantar.

"Não, não, não se levante", Clare ordenou e se sentou. "Você tem que ficar para conversarmos. Vamos pedir mais alguma coisa. Chá? Encontrar você, imagina! É muita, muita sorte!"

"É uma grande surpresa", disse Irene e, vendo a mudança no sorriso de Clare, soube que havia revelado um pedaço de seus pensamentos. Mas apenas disse: "Eu jamais teria reconhecido você, não fosse pela sua risada. Você mudou, sabe? Mas, ainda assim, de alguma forma, está igualzinha".

"Talvez", respondeu Clare. "Ah, me dê um segundo."

Ela voltou a atenção para o garçom ao lado. "Hmmm, vejamos. Dois chás. E traga alguns cigarros. Sim, é isso. Obrigada." De novo aquele sorriso singular, aberto. Agora, Irene tinha certeza de que era muito provocativo para ser dirigido a um garçom.

Enquanto Clare fazia o pedido, Irene fez um ligeiro cálculo mental. Devia fazer, concluiu, uns bons doze anos desde que ela ou qualquer pessoa que conhecia pusera os olhos em Clare Kendry pela última vez.

Depois da morte do pai, Clare fora morar no West Side com algumas parentes, tias ou primas de segundo ou terceiro grau: parentes que ninguém sabia que os Kendry tinham, até que elas apareceram no enterro e levaram Clare consigo.

Durante um ano ou mais depois disso, Clare fez algumas visitas rápidas e ocasionais a velhos amigos e conhecidos no sul, visitas que serviam, eles compreenderam, para roubar algum tempo às intermináveis tarefas domésticas que esperavam por ela na nova casa. A cada visita, ela aparecia mais alta, mais maltrapilha e mais belicosa. E a cada vez, a expressão em seu rosto era mais ressentida e taciturna. “Estou preocupada com Clare, ela parece tão infeliz”, Irene lembrava de ouvir a mãe dizer. As visitas escassearam, tornando-se mais breves, mais raras e mais distanciadas até que, por fim, cessaram.

O pai de Irene, que era próximo de Bob Kendry, fez uma viagem até o oeste cerca de dois meses depois da última visita de Clare, voltando com a mera informação de que havia encontrado as parentes e que Clare desaparecera. O que mais poderia ter confiado à sua mãe, na privacidade do quarto deles, Irene não sabia.

Mas ela teve algo mais que uma vaga suspeita a respeito da natureza do que eles conversaram. Pois houve rumores. Rumores que eram, para meninas de dezoito e dezenove anos, interessantes e empolgantes.

Houve um sobre Clare Kendry ter sido vista na hora do jantar em um hotel da moda na companhia de outra mulher e dois homens, todos brancos. E *bem-vestidos*! E outro que dizia que ela fora vista passeando de carro no Lincoln Park com um homem inconfundivelmente branco e evidentemente rico. Limusine Packard, chofer de uniforme e tudo mais. Houve outros de cujo contexto Irene não se recordava mais, mas todos apontavam para a mesma direção glamorosa.

E ela se lembrava muito bem de como, quando as pessoas repetiam e discutiam essas tentadoras histórias sobre Clare, as meninas trocavam olhares maliciosos e então, com risadinhas animadas, reviravam os olhos brilhantes e alertas e diziam, num tom baixo e secreto de lamento ou descrença, coisas como: “Bem, talvez ela tenha conseguido um trabalho ou algo assim”, ou “Afinal, pode não ser a Clare”, ou “Não podemos acreditar em tudo que ouvimos”.

E sempre alguma menina, mais pragmática ou mais francamente ardilosa que as outras, declarava: "É claro que era Clare! Ruth disse que era, Frank também, e com certeza eles souberam que era ela quando a viram, assim como nós saberíamos". E outra dizia: "Isso mesmo, podem apostar que era Clare, sem dúvida". Então, todas concordavam que não poderia ter havido equívoco, era Clare, e que tais circunstâncias só poderiam significar uma coisa. Trabalho, sei! As pessoas não levavam suas empregadas para jantar no Shelby. E, com certeza, não bem-vestidas daquele jeito. Então, se seguiam falsos arrependimentos, e alguém dizia: "Pobre menina, acho que tudo isso é verdade, mas o que se pode esperar? Veja o pai dela. E a mãe, dizem, teria fugido se não tivesse morrido. Além disso, Clare sempre foi... é... ambiciosa".

Exato! A palavra ocorreu a Irene enquanto ela estava ali sentada no terraço do Drayton, diante de Clare Kendry. "Ambiciosa." Bem, Irene reconheceu, Clare parecia mesmo ter sido bem-sucedida em algumas das coisas que desejava, a julgar por sua aparência e maneiras.

Foi, repetiu Irene depois da interrupção do garçom, uma grande e agradável surpresa ver Clare depois de todos aqueles anos, uma dúzia, pelo menos.

"Ora, Clare, você é a última pessoa do mundo que eu esperava encontrar. Acho que foi por isso que não a reconheci."

Clare respondeu, séria: "Eu sei. Faz doze anos. Mas não estou surpresa em vê-la, Rene. Quer dizer, nem tanto. Na verdade, desde que cheguei aqui, eu até esperava encontrá-la, ou encontrar outra pessoa. Mas de preferência você. Imagino que seja porque pensei em você várias vezes, enquanto... aposto que não pensou em mim sequer uma vez".

Era verdade, claro. Depois das primeiras especulações e acusações, Clare sumiu de vez dos pensamentos de Irene. E dos pensamentos dos outros também — se é que as conversas forneciam alguma pista do que eles estavam pensando.

Além disso, Clare nunca fez exatamente parte do grupo, assim como nunca foi apenas a filha do zelador, mas a filha do sr. Bob Kendry, que, é verdade, foi um zelador, mas também, ao que parecia, frequentou a faculdade com alguns dos outros pais. Como ou por que ele se tornou zelador, e um bem ineficiente, ninguém sabia ao certo. Um dos irmãos de Irene, que perguntou a respeito para o pai, ouviu um "Isso não é da sua conta" e recebeu o conselho de tomar cuidado para não acabar da mesma forma que o "pobre Bob".

Não, Irene não havia pensando em Clare Kendry. Sua própria vida havia sido muito tumultuada. E assim, ela supôs, deve ter sido a vida das outras pessoas. Ela amparava seu esquecimento — e o deles. "Você sabe. Todo mundo é tão ocupado. As pessoas vão embora, caem fora, talvez sejam assunto e gerem perguntas por algum tempo; mas, aos poucos, elas são esquecidas."

"Entendo, é natural", Clare concordou. E o que, perguntou, as pessoas disseram sobre ela no começo, antes de se esquecerem dela por completo?

Irene desviou o olhar. Ela sentiu aquela cor reveladora surgindo nas bochechas. "Não espere", ela se esquivou, "que eu me lembre de todos os detalhes depois de doze anos de casamentos, nascimentos e mortes, além da guerra."

Então, veio aquele trinado de notas que era a risada de Clare Kendry, breve e límpida, a própria essência do sarcasmo.

"Oh, Rene!", ela exclamou. "É claro que você se lembra! Mas não vou fazê-la contar, pois sei do que se trata, tão bem quanto se estivesse lá para ouvir cada uma daquelas palavras maldosas. Ah, eu sei, eu sei. Frank Danton me viu no Shelby uma noite. Não me diga que ele não espalhou isso, e com muitos adornos. Outras pessoas devem ter me visto outras vezes, não sei. Uma vez encontrei Margaret Hammer na Marshall Field's. Eu a teria cumprimentado, estava a ponto de fazer isso, mas ela me ignorou por completo. Minha querida Rene, eu lhe garanto que, pela maneira como o olhar dela me atravessou, eu mesma duvidei se estava ali em carne e osso. Lembro muito bem disso. E foi por coisinhas desse tipo que, de certa forma, acabei decidindo não visitá-la antes de ir embora de uma vez. Todos vocês sempre foram tão bons, a família toda, para aquela criança pobre e desamparada que eu fui, que de alguma forma senti que não seria capaz de suportar. Digo, se qualquer um de vocês, sua mãe, os meninos, ou... Ah, bem, preferi não me inteirar das coisas. Então, me afastei. Eu sei que é bobagem. E, às vezes, me arrependo de não ter ido visitar vocês."

Irene se perguntou se eram lágrimas o que tornava os olhos de Clare tão luminosos.

"Mas agora, Rene, quero saber de você, de tudo e de todos. Você se casou, suponho?"

Irene assentiu.

"Claro", disse Clare, com um ar sabido, "é claro que se casou. Conte mais."

E então, por uma hora ou mais, elas ficaram ali fumando, bebendo chá e preenchendo o vazio de doze anos com conversa. Quer dizer, apenas Irene falou. Ela contou a Clare sobre o casamento e a mudança para Nova York, sobre o marido, sobre os dois filhos, que estavam passando pela primeira experiência longe dos pais em um acampamento de verão, sobre a morte da mãe, sobre o casamento dos dois irmãos. Contou dos casamentos, nascimentos e mortes de outras famílias que Clare conhecia, proporcionando-lhe novas visões da vida de velhos amigos e conhecidos.

Clare sorveu tudo, todas as coisas que por tanto tempo ela quis saber e não podia. Ficou ali, parada, os lábios brilhantes entreabertos, o rosto todo iluminado pelo resplendor daqueles olhos alegres. Aqui e ali ela fazia uma pergunta, mas ficou em silêncio na maior parte do tempo.

Em algum lugar lá fora, um relógio soou. Trazida de volta ao presente, Irene olhou para o próprio relógio e exclamou: "Meu Deus, preciso ir, Clare!".

Por um momento, ela foi acometida por um mal-estar. De repente, ocorreu-lhe que não havia perguntado nada sobre a vida de Clare e que sentiu uma relutância muito evidente em fazê-lo. E sabia muito bem a razão disso. Mas, Irene se questionou, não seria mais gentil de sua parte não perguntar nada, considerando todas as coisas? Se o caso de Clare se dera como Irene havia suspeitado — como todos haviam suspeitado —, não seria mais delicado fingir que se esqueceu de perguntar como ela passou aqueles doze anos?

*Se?* Era esse "se" que a incomodava. Poderia ser, poderia muito bem ser, apesar de todas as fofocas e até indícios do contrário, que não houvesse nada, que não houvesse nada que não tivesse uma explicação simples e inocente. As aparências, ela sabia agora, às vezes não correspondiam aos fatos, e se Clare não... Bem, se todos se equivocaram, então com certeza ela deveria expressar algum interesse nos acontecimentos da vida dela. Pareceria estranho e rude se não o fizesse. Mas como ela poderia saber? Não havia como, ela decidiu, por fim; então, apenas repetiu: "Preciso ir, Clare".

"Por favor, não tão cedo, Rene", implorou Clare, sem sair do lugar.

Irene pensou: "Ela é mesmo quase bonita demais. Não é de admirar que...".

"E agora que encontrei você, querida Rene, pretendo vê-la muitas outras vezes. Ficaremos aqui mais um mês, pelo menos. Jack, meu marido, veio a trabalho. Pobrezinho! Neste calor. Não é terrível? Venha jantar conosco hoje à noite, que tal?" Clare lançou um curioso e breve olhar de soslaio para Irene, e um sorriso dissimulado e irônico despontou em seus lábios cheios e vermelhos, como se tivesse vislumbrado os pensamentos secretos da outra e debochasse dela.

Irene se percebeu suspirando alto, mas, se o que sentiu foi alívio ou desapontamento, ela mesma não pôde dizer. E logo falou: "Receio que não seja possível, Clare. Estou muito atarefada. Jantar e bridge. Sinto muito".

"Venha amanhã, então, para um chá", insistiu Clare. "Assim, você poderá ver Margery — que acabou de completar dez anos — e Jack também, talvez, se ele não tiver reunião ou alguma coisa assim."

Uma risada breve e desconfortável partiu de Irene. Ela também tinha um compromisso no dia seguinte e receava que Clare não fosse acreditar. De repente, agora, aquela possibilidade a perturbou. Portanto, um pouco irritada com aquele meio sentimento de culpa imerecida que se apoderou dela, Irene explicou que não seria possível, que não estaria livre para um chá, almoço, nem jantar. "E amanhã é sexta, quando viajo para passar o fim de semana em Idlewild, você sabe. É a moda agora." E, então, ela teve uma ideia.

"Clare!", exclamou Irene. "Por que não vem comigo? Nossa casa deverá estar cheia — a esposa de Jim leva jeito para reunir multidões das pessoas mais improváveis —, mas sempre conseguimos arranjar lugar para mais uma. E você poderá ver todo mundo."

No mesmo instante em que fez o convite, ela se arrependeu. Que tolice, como pôde ter se deixado levar por um impulso tão idiota! Irene lamentou em seu íntimo enquanto pensava nas infindáveis explicações que seriam necessárias, na curiosidade, no falatório, nas sobrancelhas levantadas. Não que fosse uma esnobe, ela garantiu a si mesma, ou que desse muita importância para as insignificantes restrições e distinções com as quais a chamada sociedade negra escolheu se proteger; mas ela tinha uma aversão natural e bem enraizada ao tipo de notoriedade exagerada à qual se veria exposta com a presença de Clare Kendry em Idlewild como sua convidada. E lá estava ela, perniciosa e contrária a qualquer razão, convidando-a.

Mas Clare balançou a cabeça. "De verdade, eu adoraria, Rene", ela disse, um pouco tristonha. "Nada me deixaria mais contente. Mas não posso. Eu não devo, você sabe. Tenho certeza de que entende. Estou louquinha para ir, mas não posso." Os olhos escuros brilharam e houve uma sugestão de tremor em sua voz rouca. "E acredite em mim, Rene, eu agradeço o convite. Não pense que deixo de levar em conta o que significaria para você minha presença lá. Quer dizer, isso se você ainda se importa com essas coisas."

Todos os sinais de choro sumiram de seus olhos e de sua voz, e Irene Redfield, examinando o rosto da outra, teve uma sensação incômoda de que, por trás daquela que agora era apenas uma máscara de marfim, se escondia certo deboche. Irene olhou além, para a parede atrás de Clare. Bem, foi merecido, pois, como reconheceu em seu íntimo, ela *ficou* aliviada. E pelo motivo que Clare havia insinuado. O fato de Clare ter adivinhado sua perturbação, no entanto, não diminuiu nem um pouco esse alívio. Ela se aborreceu por ter sido surpreendida em algo que soou como falsidade, mas era tudo.

O garçom veio com o troco de Clare. Irene lembrou que devia ir embora naquele instante. Mas não se mexeu.

A verdade era que ela estava curiosa. Havia coisas que gostaria de perguntar a Clare Kendry. Ela queria saber sobre aquele negócio arriscado de "se passar por outra", aquele rompimento com tudo o que era familiar e conhecido para tentar a sorte em um ambiente diferente, não de todo estranho, talvez, mas com certeza não de todo familiar. O que, por exemplo, se fazia quanto às origens, de que forma as explicava. E qual era a sensação ao ter contato com outras pessoas negras. Mas Irene não pôde. Ela foi incapaz de pensar em sequer uma pergunta que, em seu contexto ou formulação, não soasse tão abertamente curiosa ou até mesmo impertinente.

Como que ciente do desejo e da hesitação de Irene, Clare comentou, com um ar pensativo: "Você sabe, Rene, eu sempre me pergunto por que garotas de cor,* como você e Margaret Hammer, Esther Dawson e — ah, tantas outras — nunca conseguiram 'se passar'. É uma coisa tão fácil de fazer. Se você faz o tipo, só precisa ter um pouco de coragem".

"E quanto às origens? A família, quero dizer. Não é possível que você possa chegar do nada e esperar que as pessoas a recebam de braços abertos, estou certa?"

"Quase", afirmou Clare. "Você ficaria surpresa, Rene, se soubesse como é fácil lidar com pessoas brancas, mais do que com os nossos. Talvez por serem tantas, talvez porque são seguras de si e não têm com o que se preocupar. Eu nunca soube ao certo."

Irene pareceu incrédula. "Você quer dizer que não precisa revelar de onde veio? Parece impossível."

Clare lançou-lhe um contido olhar de deboche por cima da mesa. "Na verdade, eu nunca precisei. Mas penso que, em quaisquer outras circunstâncias, pode ser que eu tivesse que contar alguma história plausível sobre mim. Tenho uma imaginação boa, então estou certa de que contaria algo crível, e transmitindo credibilidade. Mas nunca foi necessário. E minhas tias, você sabe, são honestas e respeitáveis para todos os efeitos e para qualquer um."

"Entendo. Elas também 'se passaram'."

"Não, não precisaram. Elas são brancas."

"Ah!" E, no instante seguinte, Irene se lembrou de que já tinha ouvido sobre isso antes; de seu pai ou, o que era mais provável, de sua mãe. Elas eram tias de Bob Kendry,

* A expressão *colored people* passou a ser empregada por pessoas negras nos Estados Unidos por volta do início do século XIX, sendo repensada por pensadores e militantes no decorrer do tempo. No Brasil, "pessoas de cor" também foi usada até a retomada do termo "negro" na década de 1930. (N. T.)

filho bastardo do irmão delas. Fruto de uma aventura amorosa.

"Eram senhoras bondosas", disse Clare. "Muito religiosas e pobres como rato de igreja. O querido irmão, meu avô, gastou até o último centavo delas depois de ter acabado com o pouco dinheiro que tinha."

Clare interrompeu a narrativa para acender outro cigarro. Seu sorriso e sua expressão, Irene notou, eram um tanto ressentidos.

"Como boas cristãs", ela continuou, "quando meu pai se acabou por causa da bebida, elas cumpriram seu dever e me deram uma espécie de lar. Para fazer jus, eu tinha que realizar todo o trabalho doméstico e lavar a maior parte das roupas, é verdade. Mas você entende, Rene, que, não fosse por elas, eu não teria outro lugar no mundo?"

O aceno de cabeça e o murmúrio baixo de Irene demonstraram compreensão, entendimento.

Clare fez uma cara travessa e prosseguiu. "Além do mais, na visão delas, o trabalho duro fazia bem para mim. Tenho sangue negro, e elas pertenciam a uma geração que escreveu e leu longos artigos intitulados 'Os negros querem trabalhar?'. E estavam quase convencidas de que o bom Deus fazia os filhos e filhas de Cam pagarem com o suor a troça que ele fez de Noé quando o velho bebeu além da conta. Eu me lembro de minhas tias contando que aquele beberrão velho amaldiçoou Cam e seus filhos para a eternidade."

Irene riu. Mas Clare permaneceu séria.

"Não era uma piada, Rene, eu garanto. Foi uma vida dura para uma garota de dezesseis anos. Mas, ainda assim, eu tinha um teto sobre a cabeça, comida e roupas — seja como for. E havia as Escrituras, os sermões sobre moral, parcimônia, diligência e a amorosa proteção do bom Deus."

"Você já parou para pensar, Clare", perguntou Irene, "quanta infelicidade e crueldade são justificadas pela amorosa proteção de Deus? E sempre pelos fiéis mais ardentes, me parece."

"Se eu já parei para pensar?!", exclamou Clare. "Isso e elas me transformaram no que eu sou hoje. Pois, é claro, eu estava decidida a ir embora, a ser uma pessoa, e não uma caridade, um problema ou até mesmo uma filha do indiscreto Cam. Além disso, eu tinha minhas ambições. Sabia que não tinha má aparência e que podia 'me passar'. Você nem imagina, Rene, que eu quase odiava todos vocês na época em que costumava ir para o sul da cidade. Vocês tinham tudo o que eu sempre quis e nunca tive, o que me fez ficar mais do que determinada a conquistar todas essas coisas, e outras mais. Você é capaz de entender o que eu sentia?"

Ela levantou o olhar com um gesto pungente e comovedor e, encontrando na expressão simpática de Irene uma resposta satisfatória, continuou. "Minhas tias eram umas falsas. Com todas aquelas Bíblias, rezas e sermões sobre honestidade, elas não queriam que ninguém soubesse que seu querido irmão havia seduzido — ou extraviado, como diziam — uma menina negra. Elas podiam perdoar o extravio, mas não o sangue negro. E me proibiram de puxar assunto sobre gente negra com os vizinhos e até de mencionar o sul. Eu obedeci, claro. E aposto que elas se arrependeram depois, e muito."

Ela riu, e os sinos de sua risada produziram um forte som metálico.

"Quando vi uma chance de sair de lá, essa omissão foi valiosa para mim. Quando Jack, amigo de escola de uns vizinhos, voltou da América do Sul com uma fortuna incalculável, ninguém ali podia dizer a ele que eu era uma garota de cor, mas muita gente podia falar sobre a seriedade e a fé de tia Grace e de tia Edna. Você consegue imaginar o resto. Depois que ele chegou, parei de dar minhas escapadas para o sul e comecei a escapar para encontrá-lo. Não era possível fazer as duas coisas. No fim das contas, eu não tive nenhuma grande dificuldade para convencê-lo de que era inútil falar sobre casamento com minhas tias. Então, no meu aniversário de dezoito anos, nós fugimos e nos casamos. Foi assim. Mais fácil, impossível."

"É, vejo como foi fácil. Mas eu me pergunto por que elas não contaram ao meu pai que você tinha se casado. Ele foi procurar notícias suas quando você parou de nos visitar. Tenho certeza de que elas não disseram nada para ele, não sobre seu casamento."

Os olhos de Clare Kendry brilhavam com as lágrimas que não caíam. "Ah, que amor! Ter se preocupado tanto comigo a ponto de ir até lá. Um querido! Bem, elas não tinham o que dizer para ele, pois não sabiam de nada. Me certifiquei disso porque desconfiava que aquela moral delas poderia começar a surtir efeito, no fim das contas, fazendo minhas tias soltarem a língua. As velhas provavelmente pensavam que eu estava vivendo em pecado, seja lá onde estivesse. Era o que esperavam de mim."

Um sorriso divertido iluminou aquele rosto adorável por uma pequena fração de segundo. Depois de um breve silêncio, ela disse, solene: "Mas sinto muito que possam ter dito uma coisa dessas para o seu pai. Eu não contava com isso".

"Não sei se elas chegaram a falar essas coisas para ele", contou Irene. "De qualquer forma, meu pai não disse nada."

"Ele não faria isso, Rene querida. Não o seu pai."

"Sim, obrigada. Tenho certeza que não."

"Mas você não respondeu a minha pergunta. Me diga, você já pensou em 'se passar' alguma vez?"

Irene respondeu de pronto: "Não. Por que eu deveria?". E disse isso de uma forma tão desdenhosa que o rosto de Clare corou e seus olhos cintilaram. Irene se apressou em acrescentar: "Veja, Clare, eu tenho tudo o que desejo. Mas um pouco mais de dinheiro seria bom".

Rindo do comentário de Irene, a centelha de raiva de Clare se apagou tão rápido como se acendera. "É claro", ela disse. "Isso é tudo o que todo mundo quer, só um pouquinho mais de dinheiro, até as pessoas que têm de sobra. E, devo dizer, eu não as culpo. É muito bom ter dinheiro. No fim das contas, Rene, penso que o dinheiro vale o seu preço."

Tudo o que Irene pôde fazer foi dar de ombros. Sua razão concordou em parte, seu instinto se rebelou por completo. E ela não soube dizer por quê. E embora consciente de que se atrasaria caso não se apressasse, ela ainda ficou ali. Era como se aquela mulher sentada do outro lado da mesa — uma menina que um dia ela conhecera, que tinha encontrado sucesso e se dizia satisfeita com aquela coisa tão perigosa e, para Irene Redfield, tão horrorosa — exercesse nela uma fascinação estranha e irresistível.

Clare Kendry ainda estava recostada na cadeira, seus ombros apoiados no encosto alto e entalhado. Ela estava ali com aquele ar de segurança indiferente, como que planejado, desejado. Demonstrava a vaga sugestão de insolência refinada que algumas mulheres carregam desde o nascimento e que outras adquirem junto com riquezas e importância.

Clare, Irene se lembrou com alguma satisfação, não conseguiu isso se passando por branca. Ela sempre carregara aquela insolência consigo.

Sempre tivera aqueles cabelos claros e dourados que, mesmo sem corte, caíam soltos em sua testa larga, parcialmente escondida pelo chapéu pequeno e justo. Os lábios brilhantes, pintados com um tom vermelho-gerânio, eram doces, delicados e um tanto obstinados. Uma boca tentadora. A testa e as bochechas eram um pouco largas demais, mas a pele de marfim tinha um lustre peculiar e suave. E os olhos eram magníficos! Escuros, por vezes absolutamente pretos, sempre luminosos, emoldurados por cílios longos e igualmente pretos. Olhos cativantes, vagarosos, hipnotizantes, que, em toda a sua calidez, guardavam um toque de reserva e segredo.

Ah! É claro! Eram os olhos de uma negra! Misteriosos e ocultos. E ali, naquele rosto de marfim, embaixo daqueles cabelos claros, havia algo exótico neles.

Sim, o encanto de Clare Kendry era absoluto, sem dúvida graças àqueles olhos que sua avó e, mais tarde, sua mãe e seu pai lhe deram.

Nesse olhar despontou um sorriso que causou em Irene uma sensação de carinho e afago. Ela sorriu em resposta.

"Talvez", sugeriu Clare, "você possa vir na segunda, se já estiver de volta. Ou, se não, na terça."

Com um suspiro discreto e pesaroso, Irene disse a Clare que receava não estar de volta na segunda-feira, que tinha certeza de que havia dezenas de coisas para fazer na terça e que estaria de partida na quarta. Mas era possível que conseguisse se livrar de algo na terça-feira.

"Ah, faça um esforço. Dispense alguém. Os outros podem ver você a qualquer momento, enquanto eu... Ora, pode ser que eu nunca mais a encontre! Pense nisso, Rene! Você tem que vir. Você simplesmente tem que vir! Senão, nunca vou perdoá-la."

Naquele momento, a ideia de nunca mais voltar a ver Clare Kendry pareceu temerosa. Ali, sob o apelo e o afago dos olhos dela, Irene sentiu o desejo, a esperança, de que aquele adeus não fosse o derradeiro.

"Vou tentar, Clare", ela prometeu, com gentileza. "Ligo para você — ou você me liga?"

"Penso, talvez, que seja melhor eu ligar para você. Seu pai está na lista telefônica, eu sei, e o endereço é o mesmo, 6418. Que memória, hein? Agora, lembre, estarei à sua espera. Você precisa estar livre para vir."

E mais uma vez aquele sorriso doce e peculiar.

"Vou fazer o possível, Clare."

Irene pegou as luvas e a bolsa. As duas se levantaram. Irene estendeu a mão. Clare a segurou.

“Foi ótimo revê-la, Clare. Meu pai vai ficar muito satisfeito e feliz por saber de você!”

“Até terça, então”, disse Clare Kendry, em resposta. “Até lá, vou passar cada instante ansiando por vê-la de novo. Adeus, querida Rene. Mande lembranças e um beijo para o seu pai.”

O sol não estava mais a pino, mas as ruas ainda pareciam fornalhas flamejantes. A brisa lânguida ainda estava quente. E as pessoas apressadas pareciam ainda mais abatidas desde que Irene fugira da presença delas.

Atravessando a avenida naquele calor, longe do terraço fresco do Drayton e da sedução do sorriso de Clare Kendry, Irene percebeu uma certa irritação consigo mesma por ter se sentido contente e um tanto lisonjeada com a óbvia alegria que o encontro despertara na outra.

Em seu regresso suarento, a irritação cresceu, e Irene começou a se perguntar o que poderia tê-la possuído daquele jeito para que prometesse encontrar tempo, naqueles dias tumultuados que restavam de sua visita, para passar outra tarde na companhia de uma mulher cuja vida divergia da sua de forma tão definitiva e deliberada; alguém que, como havia sido apontado, ela poderia nunca mais voltar a ver.

Por Deus, por que ela tinha feito uma promessa daquelas?

Enquanto subia as escadas da casa do pai, pensando com que espanto e interesse ele a ouviria contar sobre o encontro daquela tarde, ocorreu-lhe que Clare não havia mencionado seu nome de casada. Ela se referira ao marido como Jack. E foi tudo. Teria sido, Irene se perguntou, algo intencional?

Para Clare, bastaria pegar o telefone para se comunicar com ela, deixar um cartão ou chamar um táxi. Mas Irene não podia encontrá-la de forma alguma. Nem qualquer outra pessoa a quem ela falasse sobre o encontro das duas.

“Como se eu devesse contar a alguém!”

A chave girou na fechadura, e Irene entrou na casa. Seu pai, ao que parecia, ainda não tinha voltado.

Ela decidiu que, afinal, não falaria nada sobre Clare Kendry. Irene disse a si mesma que não sentia nenhuma inclinação para falar sobre uma pessoa que tinha em tão pouca conta sua lealdade e discrição. E ela com certeza não tinha vontade ou intenção de fazer o menor esforço para ficar livre na terça. Ou, a propósito, em qualquer outro dia.

Irene não queria mais saber de Clare Kendry.

# 3

Na manhã de terça-feira, uma cúpula de céu cinza encobriu a cidade seca, mas o ar sufocante não aliviou com a neblina prateada que parecia conter uma promessa de chuva, que não caiu.

Para Irene Redfield, aquela névoa um tanto agourenta era mais um motivo para não fazer nada a respeito do encontro com Clare Kendry naquela tarde.

Mas ela a encontrou.

O telefone. Por horas ele tocou como se estivesse possuído. Ela ouvira o retinir insistente desde as nove da manhã. Por um tempo, manteve-se resoluta, dizendo firme, a cada vez: "Não estou, Liza, anote o recado". E, a cada vez, a empregada voltava com a informação: "É a mesma senhora, madame. Ela disse que vai ligar de novo".

Mas, ao meio-dia, com os nervos em frangalhos e a consciência pesada sob o olhar de reprovação no rosto cor de ébano de Liza à medida que ela se esquivava com mais uma recusa, Irene se deu por vencida.

"Ah, não se preocupe. Eu vou atender desta vez, Liza."

"É ela de novo."

"Alô... Sim."

"É Clare, Rene... Por *onde* você andou?... Você pode chegar aqui por volta das quatro?... O quê?... Mas, Rene, você prometeu! Fique só um pouco... Você pode, se quiser... Estou *tão* desapontada. Ansiei tanto por vê-la...

Por favor, seja boazinha e venha. Por um minuto, apenas. Tenho certeza de que você consegue dar um jeito, se tentar... Não vou ficar implorando para você ficar mais... Sim... Espero por você... No Morgan... Ah, sim! O nome é Bellew, sra. John Bellew... Lá pelas quatro, então... Ficarei tão feliz em vê-la!... Até logo."

"Maldita seja!"

Irene bateu o fone no gancho com um estrondo enfático, e seus pensamentos, de imediato, se encheram de autocensura. Ela fizera a mesma coisa, de novo. Permitira que Clare Kendry a persuadisse a fazer algo que ela não tinha tempo nem especial desejo de fazer. O que a voz de Clare tinha de tão apelativo e sedutor?

Clare a recebeu no hall com um beijo. Ela disse: "Que gentileza sua vir, Rene. Mas, claro, você sempre foi boa comigo". E, diante do sorriso contundente de Clare, uma parte do aborrecimento de Irene consigo mesma se foi. Ela até sentiu alguma alegria pela visita.

Clare foi na frente, andando a passos suaves até um quarto com a porta entreaberta e dizendo: "Tenho uma surpresa. É uma verdadeira festa, você vai ver".

Ao entrar, Irene se viu em uma sala de estar grande e alta, de cujas janelas pendiam impressionantes cortinas azuis que, triunfantes, desviavam a atenção da opaca mobília cor de chocolate. Clare usava um vestido esvoaçante e leve no mesmo tom de azul, que combinava à perfeição com ela e com o cômodo complexo.

Por um minuto, Irene pensou que a sala estava vazia, mas, ao virar a cabeça, descobriu, afundada nas almofadas do enorme sofá, uma mulher encarando-a com tanta concentração que as pálpebras pareciam paralisadas pelo esforço de olhar para cima. Em um primeiro momento, Irene a tomou por uma estranha, mas, no instante seguinte, ela disse com uma voz antipática, quase grosseira: "E como vai você, Gertrude?".

A mulher assentiu e forçou um sorriso nos lábios cheios.

"Vou bem", respondeu ela. "E você está igualzinha, Irene. Não mudou nada."

"Obrigada", disse Irene, escolhendo um lugar para se sentar. Ela pensava: "Meu bom Deus! Agora são duas".

Pois Gertrude também havia se casado com um homem branco, embora não fosse possível dizer que ela de fato "se passava". O marido — qual era o nome dele? — frequentara a escola com ela e estava bem ciente, assim como sua família e a maior parte dos amigos, de que ela era negra. E isso, Irene sabia, não pareceu importar a ele na época. Ela se perguntou se agora importava. Será que Fred — Fred Martin, esse era o nome — alguma vez se arrependeu do casamento por causa da raça de Gertrude? E Gertrude?

Virando-se para ela, Irene perguntou: "E Fred, como vai? Faz não sei quantos anos que não o vejo".

"Ah, ele vai bem", respondeu Gertrude, breve.

Durante um minuto, ninguém disse nada. Finalmente, em meio ao silêncio opressor, a voz de Clare surgiu, agradável e casual: "Vamos tomar um chá agora mesmo. Sei que você não pode ficar muito, Rene. E sinto muito que não vá conhecer Margery. Fomos até o lago no fim de semana para visitar alguns parentes de Jack, um pouco depois de Milwaukee. Margery quis ficar com as crianças. Pareceu uma pena não deixar, ainda mais com o calor que faz aqui na cidade. Mas Jack deve chegar a qualquer momento".

Irene disse, brevemente: "Que bom".

Gertrude permaneceu em silêncio. Ela estava pouco à vontade, era evidente. E a presença dela irritou Irene, deixando-a na defensiva e despertando nela um ressentimento que, naquele momento, não tinha nenhuma explicação. Parecia-lhe estranho que a mulher que Clare se tornara houvesse convidado a mulher que Gertrude era. Ainda assim, claro, Clare não tinha como saber. Fazia doze anos que elas não se viam.

Mais tarde, quando analisou sua irritação, Irene admitiu, com alguma relutância, que se sentira assim por uma impressão de estar à parte, sozinha na adesão à própria classe e tipo; não apenas no que dizia respeito ao casamento, mas em relação ao seu padrão de vida como um todo.

Clare voltou a falar, dessa vez demorando-se, dizendo como Chicago parecia ter mudado depois que ela passara tanto tempo fora, em cidades europeias. Sim, Clare disse em resposta a alguma pergunta de Gertrude, ela havia voltado para os Estados Unidos uma ou duas vezes, mas apenas até Nova York e Filadélfia, e uma vez passara alguns dias em Washington. John Bellew, que era, ao que parecia, um tipo de agente bancário internacional, não fizera questão de que ela o acompanhasse na viagem, mas, assim que soube que ele provavelmente passaria por Chicago, Clare decidiu vir a qualquer custo.

"Eu precisava vir. E, depois que cheguei, estava determinada a encontrar algum conhecido e descobrir o que aconteceu com todo mundo. Eu não sabia muito bem como fazer isso, mas estava decidida. Eu conseguiria, de alguma forma. Estava a ponto de ir até a sua casa, Rene, ou ligar e combinar uma visita, quando esbarrei com você. Que sorte a minha!"

Irene concordou que aquele encontro havia sido uma sorte. "Faz cinco anos que não venho para casa, e estou prestes a ir embora. Mais uma semana e eu já teria ido. E como você encontrou Gertrude?"

"Na lista telefônica. Lembrei de Fred. O pai dele ainda tem o açougue."

"Ah, sim", disse Irene, que se lembrou disso apenas quando Clare mencionou, "na Cottage Grove, perto..."

Gertrude interrompeu. "Não. Mudou de endereço. Estamos na Maryland Avenue — a antiga Jackson. Perto da rua 63. E o açougue é de Fred. Ele tem o mesmo nome do pai."

Gertrude, pensou Irene, parecia-se com a esposa de um açougueiro. Não havia sobrado nenhum traço de sua beleza da juventude, tão admirada nos tempos do colégio. Ela havia ficado larga, quase gorda, e, embora não houvesse nenhuma ruga no grande rosto branco, sua maciez denunciava, de certa forma, um envelhecimento precoce. Os cabelos pretos estavam presos, e, por algum motivo infeliz, todos os cachos vívidos haviam desaparecido. Seu espalhafatoso vestido de crepe georgette era curto demais e deixava à mostra uma terrível porção das pernas grossas, vestidas com meias finas de um chamativo rosa-claro. A manicure recente das mãos rechonchudas — para aquela ocasião, provavelmente — não havia sido muito cuidadosa. E ela não estava fumando.

Clare disse, e Irene pensou ter ouvido um tom um pouco ríspido na voz rouca: "Antes de você chegar, Irene, Gertrude estava me contando sobre seus dois meninos. Gêmeos. Imagine! Não é maravilhoso?".

Irene sentiu o calor subindo até as bochechas. Era sinistra a forma como Clare conseguia adivinhar o pensamento das pessoas. Ela estava um pouco aborrecida, mas se mostrou à vontade quando disse: "Muito bem. Eu também tenho dois meninos, Gertrude. Mas não são gêmeos. Parece que Clare ficou para trás, não?".

No entanto, Gertrude não tinha tanta certeza de que Clare estivesse em desvantagem. "Ela tem uma menina. Eu queria uma. Fred também."

"Isso não lhe parece estranho?", perguntou Irene. "Os homens, em sua maioria, querem meninos. Puro egoísmo, suponho."

"Bem, Fred não é assim."

Os apetrechos de chá foram dispostos em uma mesinha ao lado de Clare. Ela voltou a atenção para os utensílios, servindo o saboroso fluido âmbar de uma jarra alta em copos de vidro finos e imponentes, que estendeu às convidadas para então lhes oferecer limão ou leite e pequenos sanduíches ou bolinhos.

Pegando seu copo, ela disse: "Não, não tenho meninos e não acho que terei um dia. Eu quase morri de medo durante os nove meses antes do nascimento de Margery, pelo receio de que ela fosse escura. Graças a Deus, ela se saiu bem. Mas não corro mais o risco. Nunca mais! A tensão é apenas... infernal demais".

Gertrude Martin assentiu, demonstrando total compreensão.

Desta vez, foi Irene quem se calou.

"Nem me diga!", disse Gertrude, fervorosa. "Eu sei bem o que é isso. Imaginem, quase morri de medo também. Fred e a mãe dele disseram que eu era uma tola. Mas, é claro, eles pensaram que era só um capricho meu e culparam a gravidez. Eles não fazem ideia, como nós, da forma como a coisa pode desandar e escurecer, não importa a cor dos pais."

O suor brotou de sua testa. Os olhos semicerrados se voltaram para Clare e então para Irene. Enquanto falava, ela gesticulava com as mãos pesadas.

"Não", continuou Gertrude. "Para mim também basta. Nem se fosse uma menina. É horrível como a coisa pula gerações e surge de repente. Ora, ele disse, de verdade, que não se importaria com a cor da criança, se eu parasse de me preocupar com isso. Mas, é claro, ninguém quer uma criança escura."

Seu tom de voz era sério, e Gertrude tomou por certo que a audiência concordava plenamente com ela.

Então Irene, cuja cabeça se erguera repentinamente, disse, em um tom firme que a encheu de orgulho: "Um dos meus meninos tem pele escura".

Gertrude se sobressaltou como se tivesse levado um tiro. Seus olhos se arregalaram. A boca se abriu. Ela tentou dizer algo, mas não encontrou palavras de imediato. Finalmente, conseguiu balbuciar: "Ah! E seu marido? Ele é... ele é... hã... escuro também?".

Irene, embora lutasse contra uma torrente de sentimentos — ressentimento, raiva e desdém —, ainda era capaz de responder com frieza, como se não tivesse aquela sensação de não pertencimento, como se não sentisse desprezo pelas companhias com as quais se viu tomando chá gelado em altos copos cor de âmbar naquela tarde quente de agosto. Seu marido, disse ela, baixinho, não podia exatamente "se passar".

Ao ouvir a resposta, Clare lançou seu sorriso carinhoso e sedutor para Irene e comentou, um tanto zombeteira: "Penso que pessoas de cor — como nós — são muito tolas a respeito de algumas coisas. No fim das contas, não importa para Irene e para muitos outros. Nem tanto assim para você, Gertrude. Apenas desertoras como eu precisam ter medo dos caprichos da natureza. Como meu inestimável pai costumava dizer: 'Tudo tem seu preço'. Agora, por favor, alguém me diga o que aconteceu com Claude Jones. Vocês sabem, o tipo alto e magricela que costumava deixar aquele patético bigodinho de que as garotas riam. Parecia um rastro de fuligem. O bigode, quero dizer".

Ao ouvir isso, Gertrude cacarejou: "Claude Jones!", e desandou a contar a história de Jones, que não era mais negro nem cristão, mas havia se tornado um judeu.

"Um judeu!", exclamou Clare.

"Sim, um judeu. Um judeu negro, como ele mesmo diz. Ele não come porco e frequenta a sinagoga aos domingos. E deixou a barba crescer, além do bigode. Vocês morreriam de rir se o vissem. Jones é para lá de engraçado. Fred diz que ele enlouqueceu, e eu concordo. Ah, ele é hilário, completamente hilário!" E cacarejou mais uma vez.

A risada de Clare tilintou. "Me parece bem engraçado, de fato. Ainda assim, é problema dele. Se ele se sente melhor sendo um..."

Com isso, Irene, ainda agarrada ao infeliz e indiferente sentimento de estar coberta de razão, interrompeu dizendo, mordaz: "É evidente que não ocorreu a você ou a Gertrude que é possível que Jones tenha sido sincero na mudança de religião. Estou certa de que nem todo mundo age com o intuito de tirar vantagem".

Clare Kendry não precisou pensar muito no real significado dessa declaração. Um tanto ruborizada, ela replicou, séria: "Sim, admito que possa haver sinceridade — por parte dele, quero dizer. Apenas não me ocorreu. E me surpreende", e a seriedade se transformou em zombaria, "que você esperasse por isso. Você realmente esperava?".

"Tenho certeza de que você não espera que eu responda", disse Irene. "Não aqui, não agora."

A expressão no rosto de Gertrude era de completa perplexidade. No entanto, ao ver sorrisinhos brotando no rosto das outras duas mulheres e não os reconhecendo como os sorrisos de reserva mútua que eram, ela sorriu também.

Clare começou a falar, tomando o cuidado de se afastar de qualquer assunto que pudesse conduzir à raça ou a outros temas espinhosos. Foi a demonstração de malabarismo conversacional mais brilhante que Irene já tinha visto. As palavras de Clare passavam por elas em fluxos encantadores e bem modulados. Suas risadas tilintavam e ecoavam. Os casos que contava cintilavam.

Irene contribuía com simples "Sim" ou "Não" aqui e ali. Gertrude, com um "Não me diga!" menos frequente.

Por um tempo, a ilusão de uma conversa banal entre as três foi quase perfeita. Pouco a pouco, Irene percebeu o ressentimento se transformando em uma admiração silenciosa e um tanto relutante.

Clare continuava falando, sua voz e seus gestos colorindo tudo o que dizia sobre a temporada na França durante a guerra, a temporada na Alemanha depois da guerra, a agitação nos tempos da greve geral na Inglaterra, os desfiles das modistas em Paris, a nova alegria de viver em Budapeste.

Mas a acrobacia verbal não tinha como durar. Gertrude se mexeu no sofá e começou a remexer os dedos. Irene, enfim entediada com toda aquela repetição das mesmas coisas que havia lido tantas vezes em jornais, revistas e livros, colocou seu copo na mesa e pegou a bolsa e o lenço. Ela estava alisando os dedos marrom-claros das luvas, preparando-se para vesti-las, quando ouviu o som da porta da frente abrindo e Clare dizer, num sobressalto e com expressão de alívio: "Que maravilha! Jack chegou na hora certa. Você não pode ir embora agora, Rene querida".

John Bellew entrou no cômodo. A primeira coisa que Irene notou foi que ele não era o mesmo homem que ela vira na companhia de Clare Kendry no terraço do Drayton. Este homem, o marido de Clare, era uma pessoa larga e alta. Irene supôs que ele tinha trinta e cinco, quarenta anos. Seu cabelo era castanho-escuro e ondulado, e ele possuía uma boca delicada, quase feminina, no rosto pálido e de aparência pouco saudável. Os olhos cinza-metálicos e opacos eram muito vívidos, movendo-se incessantes entre as pálpebras grossas e azuladas. Mas não havia nada incomum nele, decidiu Irene, a não ser uma impressão de força física latente.

"Olá, pretinha", foi o cumprimento que ele dirigiu a Clare.

Gertrude, um tanto espantada, recostou-se no sofá e olhou disfarçadamente para Irene, que mordeu o lábio e ficou observando marido e mulher. Era difícil acreditar que mesmo Clare Kendry permitiria aquela ridicularização de sua raça por um estranho, embora fosse seu marido. Então ele sabia que Clare era negra? Pelo que ela dissera no outro dia, Irene havia entendido que não. Mas que rude e decididamente ofensivo da parte dele chamá-la daquele jeito na frente das visitas!

Nos olhos de Clare, enquanto apresentava o marido, havia um brilho estranho, um deboche, talvez. Irene não foi capaz de definir.

Terminadas as solenidades introdutórias, Clare perguntou: "Vocês ouviram como Jack me chamou?".

"Sim", respondeu Gertrude, rindo com um ímpeto zeloso.

Irene não disse nada. Seu olhar ainda estava cravado no rosto sorridente de Clare.

Os olhos pretos, trêmulos, baixaram. "Diga a elas, querido, por que você me chama assim."

O homem deu uma risadinha, apertando os olhos, de uma forma nada desagradável, Irene foi obrigada a reconhecer. Ele explicou: "Bem, vocês sabem como são as coisas. Quando nos casamos, ela era branca como... como... bem, como um lírio. Mas eu disse a Clare que ela estava escurecendo cada vez mais. Disse que, se não tomasse cuidado, ela acordaria um dia desses e descobriria que havia virado uma preta".

Ele caiu na gargalhada. A risada tilintante de Clare se uniu à dele. Gertrude, depois de se mexer com incômodo no sofá, soltou sua risada estridente. Irene, que estivera sentada com os lábios apertados, gritou "Essa é boa!" e soltou uma gargalhada espalhafatosa. Ela começou a rir sem parar. Lágrimas desceram pelas bochechas. As têmporas latejavam. A garganta doía. Ela riu e continuou rindo bem depois que os outros se acalmaram. Até que, vislumbrando o rosto de Clare, percebeu a necessidade de um divertimento um pouco mais silencioso e discreto diante daquela piada impagável. De súbito, ela parou.

Clare ofereceu chá ao marido e apoiou a mão no braço dele com um gesto comedido e afetuoso. Confiante e descontraída, ela disse: "Por Deus, Jack! Que diferença faria se, depois de todos esses anos, você descobrisse que eu sou um ou dois por cento negra?".

Bellew puxou a mão em um gesto definitivo, de total repúdio. "Ah, não, pretinha", declarou ele, "não venha com essa. Eu sei que você não é preta, então tudo bem. A meu ver, você pode escurecer o quanto quiser, já que eu sei que você não é preta. Eu estabeleci esse limite. Não há pretos na minha família. Nunca houve nem haverá."

Os lábios de Irene tremiam de forma quase incontrolável, mas ela fez um esforço desesperado para lutar contra o desastroso desejo de começar a rir de novo e foi bem-sucedida. Escolhendo com cuidado um cigarro da caixinha laqueada sobre a mesa de chá diante de si, Irene lançou um olhar oblíquo para Clare e encontrou seus olhos peculiares cravados nela com uma expressão tão sombria, intensa e insondável que, por um momento, teve a sensação de estar encarando alguma criatura estranhíssima e remota. Um leve sentimento de perigo passou por ela, como o sopro de uma névoa fria. Que absurdo, disse sua razão, enquanto aceitava a chama que Bellew oferecia para acender o cigarro. Outra olhadela para Clare revelou que ela estava sorrindo. E, como alguém sempre pronta para agradar, Gertrude também sorria.

Um espectador, refletiu Irene, teria pensado que aquele era o mais agradável dos chás, com tantos sorrisos, piadas e gargalhadas hilárias. Ela disse, com bom humor: "Então os negros não lhe agradam, sr. Bellew?". Mas o divertimento se encontrava mais no pensamento que nas palavras.

John Bellew soltou uma risada breve e contraditória. "Você me entendeu mal, sra. Redfield. Não é nada disso. Eu não desgosto deles, eu os odeio. A pretinha também, por mais que esteja tentando virar uma. Por nada neste mundo ela teria uma criada preta saracoteando perto dela. E não que eu queira isso. Eles me dão arrepios. Aqueles demônios pretos e imundos."

Isso não era nada engraçado. Será que Bellew, perguntou Irene, já havia conhecido alguma pessoa negra? O tom defensivo na voz causou outro sobressalto na já desconfortável Gertrude e, embora Clare aparentasse serenidade, despertou-lhe um olhar apreensivo.

Bellew respondeu: "Por Deus, não! E espero que nunca venha a conhecer! Mas sei de pessoas que os conheceram melhor que eles mesmos. E li sobre eles nos jornais. Sempre roubando e matando pessoas. E coisa pior", completou ele, sombrio.

Da direção de Gertrude partiu um som abafado e estranho, um suspiro ou uma risadinha. Irene não conseguiu discernir. Houve um breve silêncio, durante o qual ela temeu que seu autocontrole estivesse prestes a se provar uma ponte frágil demais para suportar a raiva e a indignação crescentes. Ela sentiu um desejo repentino de gritar para o homem ao seu lado: "E você está aqui, cercado de três demônios pretos, bebendo chá".

O impulso passou, obliterado pela noção do perigo no qual tamanha imprudência envolveria Clare, que comentou, com um gentil ar de reprovação: "Jack, querido, estou certa de que Rene não quer saber tudo a respeito de suas aversões favoritas. Gertrude tampouco. Talvez elas também leiam os jornais, você sabe". Clare sorriu para ele, e o sorriso pareceu transformá-lo, suavizando e adocicando aquele homem como os raios de sol fazem com uma fruta.

"Está certo, pretinha, minha querida. Sinto muito", desculpou-se ele. Esticando o corpo, ele distraidamente pegou as mãos pálidas da esposa, e então se virou para Irene. "Não foi minha intenção aborrecê-la, sra. Redfield. Espero que você possa me desculpar", disse, com timidez. "Clare me contou que a senhora está morando em Nova York. É uma ótima cidade. A cidade do futuro."

A fúria de Irene não havia cessado, mas uma barreira de prudência e lealdade a Clare a conteve. Então, no tom mais casual que pôde, concordou com Bellew. Mas aquilo, ela o lembrou, era exatamente o que as pessoas de Chicago diziam da própria cidade. Enquanto falava, Irene pensou que era incrível que sua voz não estivesse tremendo, que ela estivesse calma por fora. Apenas suas mãos tremiam um pouco. Ela as recolheu de onde descansavam, em seu colo, pressionando a ponta dos dedos para firmá-los.

"Ouvi falar que seu marido é médico. Vivem em Manhattan ou em outra vizinhança?"

Manhattan, disse Irene, explicando que Brian precisava ter fácil acesso a certos hospitais e clínicas.

"Vida interessante, a dos médicos."

"Si-im, mas difícil. E, de certa forma, monótona. De dar nos nervos, também."

"Nos nervos da esposa, pelo menos, hein? Com tantas pacientes." Ele riu, desfrutando da piada sem graça com entusiasmo infantil.

Irene conseguiu abrir um sorriso momentâneo, mas seu tom foi sério quando disse: "Brian não se importa com mulheres, em especial mulheres doentes. Às vezes, eu queria que se importasse. É a América do Sul que o atrai".

"A América do Sul seria um lugar promissor se eles conseguissem se livrar daqueles pretos. O lugar está cheio de..."

"Jack, francamente!" O tom de Clare estava no limite.

"Eu me distraí, pretinha, de verdade." Para as outras, ele disse: "Vejam como eu sou vigiado". E para Gertrude: "Você ainda mora em Chicago, sra... sra. Martin?".

Era evidente que ele estava fazendo o seu melhor para ser agradável às velhas amigas de Clare. Irene teve que admitir que, em outras circunstâncias, poderia ter gostado dele. Era um homem bem-apessoado, de temperamento amável e tranquilo. Sóbrio e direto.

Gertrude respondeu que Chicago era um bom lugar para ela, que nunca havia deixado a cidade e pensava que não deveria fazê-lo. Seu marido tinha negócios ali.

"Claro, claro. Não se pode sair por aí e deixar os negócios para trás."

Seguiu-se uma conversa amena sobre Chicago e Nova York, suas diferenças e as mudanças recentes e espetaculares de ambas.

Para Irene, era inacreditável e assombroso que quatro pessoas pudessem se portar de forma tão tranquila e ostensivamente amigável enquanto, na realidade, ferviam de raiva, pesar e constrangimento. Mas, pensando bem, ela se viu forçada a mudar de opinião. John Bellew, com certeza, estava tão sereno por dentro quanto por fora. O mesmo, talvez, se passasse com Gertrude Martin. Pelo menos ela não demonstrava a mortificação e a vergonha que Clare Kendry deveria estar sentindo ou o mesmo grau de raiva e revolta que ela, Irene, reprimia.

"Beba mais chá, Rene", ofereceu Clare.

"Não, obrigada. Preciso ir. Vou embora amanhã, você sabe, e ainda preciso arrumar as malas."

Ela se levantou, seguida de Gertrude, Clare e John Bellew.

"Gostou do Drayton, sra. Redfield?", perguntou ele.

"O Drayton? Ah, gostei muito. Muito mesmo", respondeu Irene, os olhos desdenhosos pousados no rosto enigmático de Clare.

"É um bom lugar, de fato. Me hospedei lá uma ou duas vezes", disse o homem.

"Sim, ótimo lugar", concordou Irene. "Quase tão bom quanto os melhores hotéis de Nova York." Ela havia tirado o olhar de Clare e estava procurando alguma coisa inexistente na bolsa. Seu entendimento aumentava rapidamente, assim como a pena e o desprezo que sentia. Clare era tão ousada, tão adorável e tão *ambiciosa*.

Elas se despediram de Clare, murmurando, apropriadamente: "Foi tão bom encontrá-la"... "Espero revê-la em breve".

"Adeus", disse Clare, em resposta. "Foi uma gentileza sua ter vindo, Rene querida. E você também, Gertrude."

"Adeus, sr. Bellew... Foi um prazer conhecê-lo." Foi Gertrude quem disse isso. Irene não foi capaz, em absoluto, de se forçar a elaborar uma polidez fingida ou qualquer coisa próxima disso.

Ele as acompanhou até o hall e chamou o elevador.

"Adeus", disseram elas mais uma vez, ao entrar.

Enquanto desciam, permaneceram em silêncio.

E atravessaram o saguão sem dizer palavra.

Porém, assim que alcançaram a rua, Gertrude, incapaz de guardar por mais um minuto sequer o que ela tivera que dissimular pela última hora, explodiu: "Meu Deus! Que horror! Ela deve estar fora de si".

"Sim, me pareceu uma situação arriscada", admitiu Irene.

"Arriscada! Sim, é o que eu diria. Arriscada! Meu Deus! E como! E a confusão em que ela se meteu!"

"Mas imagino que Clare esteja segura. Você sabe, eles não moram aqui. E têm uma filha. É uma garantia."

"Um horror, ainda assim", insistiu Gertrude. "Eu jamais teria casado com Fred sem que ele soubesse. É impossível prever o que pode vir à tona."

"Sim, concordo que é mais seguro contar. Mas, neste caso, Bellew não teria se casado com Clare. E, no fim das contas, era o que ela queria."

Gertrude balançou a cabeça. "Nem por todo dinheiro do mundo eu gostaria de estar no lugar dela quando Bellew descobrir. Não com as opiniões dele. Jesus! Não é terrível? Por um momento, fiquei tão furiosa que poderia ter dado um tapa nele."

Irene reconheceu que fora uma situação realmente difícil e desagradável. "Eu fiquei bastante irritada."

"E imagine só Clare esconder de nós as opiniões dele! Qualquer coisa poderia ter acontecido. Nós poderíamos ter falado algo."

Aquilo, apontou Irene, era bem do feitio de Clare Kendry. Tentar a sorte, e sem ao menos considerar os sentimentos das outras pessoas.

Gertrude disse: "Talvez ela tenha pensado que encararíamos tudo como uma boa piada. E acho que você o fez. A forma como riu. Senhor! Eu morri de medo de que ele pudesse perceber".

"Bem, em certo sentido, foi uma piada", disse Irene, "com ele, conosco, talvez com ela mesma."

"De qualquer forma, foi uma situação terrível. Eu odiaria estar na posição dela."

"Clare parece satisfeita. Conseguiu o que queria e até chegou a dizer, outro dia, que valeu a pena."

Mas Gertrude foi cética em relação a isso. "Ela vai perceber que não vale", foi seu veredicto. "Sim, ela vai perceber."

A chuva começou a cair, em gotas grandes e esparsas. A multidão do fim de tarde se apressava na direção dos bondes e trilhos elevados.

Irene disse: "Você vai para o sul? Desculpe. Tenho um compromisso. Se não se importa, me despeço aqui. Foi bom vê-la, Gertrude. Mande lembranças para Fred e para sua mãe, se por acaso ela se lembra de mim. Adeus".

Ela queria se livrar da outra e ficar a sós, pois ainda estava magoada e com raiva.

Que direito, ela continuava se perguntando, Clare Kendry tinha de expô-la, e até mesmo expor Gertrude Martin, a tamanha humilhação, a tamanho insulto?

Durante todo o caminho até a casa do pai, Irene Redfield tentou desvendar a expressão de Clare enquanto se despedia. Em parte debochada, ao que parecia, e em parte ameaçadora. E algo mais que ela não pôde nomear. Por um instante, um recrudescimento do medo que ela sentiu ao olhar nos olhos de Clare naquela tarde tocou Irene. Um leve tremor a percorreu.

"Não é nada", disse a si mesma. "Alguém deve estar falando de mim, como dizem as crianças." Ela tentou sorrir discretamente e se aborreceu ao perceber que o sorriso estava próximo às lágrimas.

A que estado ela se permitira ser levada por aquele homem terrível!

E até tarde, naquela noite, bem depois que o último convidado havia ido embora e que a velha casa ficara em silêncio, Irene permaneceu na janela franzindo a testa para a chuva escura que caía, mais uma vez intrigada com aquela expressão no rosto incrivelmente belo de Clare. No entanto, ela não conseguiu chegar a nenhuma conclusão a respeito do significado, por mais que tentasse. Era algo insondável, muito além de sua experiência e compreensão.

Ela desviou o olhar da janela, por fim, franzindo ainda mais a testa. Por que, afinal, preocupar-se com Clare Kendry? Ela era bastante capaz de cuidar de si mesma, sempre havia sido. E Irene tinha outros assuntos, mais pessoais e de maior importância, com que se preocupar.

Além disso, a razão disse a ela, Irene só podia culpar a si mesma por aquela tarde desagradável, e pelo medo e pelas dúvidas resultantes. Ela jamais deveria ter ido.

# 4

A manhã seguinte, dia da partida para Nova York, trouxe uma carta que, à primeira vista, Irene soube como que por instinto ter vindo de Clare Kendry, embora não se lembrasse de ter recebido uma carta dela antes. Abrindo-a e vendo a assinatura, percebeu que o palpite estava correto. Irene não leria aquela carta, disse a si mesma. Não tinha tempo. E, além disso, não desejava ser lembrada da tarde anterior. Não se sentia bem-disposta para a viagem e tivera uma noite difícil. E tudo por causa da inata falta de consideração de Clare pelos sentimentos dos outros.

Mas acabou lendo a carta. Depois da despedida do pai e dos amigos, enquanto avançava rumo ao leste, Irene foi possuída por uma curiosidade incontrolável de saber o que Clare havia escrito sobre o dia anterior. Pois, Irene se perguntou enquanto tirava a carta da bolsa e a abria, o que Clare ou qualquer outra pessoa poderia dizer de uma ocasião como aquela?

Clare Kendry escreveu:

*Rene querida:*

*Como posso agradecer sua visita? Sei que você está sentindo que, em tais circunstâncias, eu não deveria tê-la convidado e nem insistido para que viesse. Mas se soubesse a alegria, a felicidade que senti por tê-la reencontrado, e como ansiava ver os outros também (ver todo mundo, embora não tenha sido possível), você entenderia meu desejo de vê-la mais uma vez e talvez pudesse me perdoar, pelo menos um pouco.*

*Todo o meu amor para você, sempre e sempre, e para o seu querido pai, e todas as minhas mais humildes desculpas.*

*Clare.*

E havia um pós-escrito, que dizia:

*Pode ser, Rene querida, que o seu caminho tenha sido mais sábio e infinitamente mais feliz, afinal. Não tenho muita certeza agora. Ao menos não como já tive.*

*C.*

Mas a carta não acalmou Irene. A indignação não foi apaziguada pela forma aduladora como Clare se referiu a sua sabedoria. Como se, ela pensou, furiosa, alguma coisa pudesse anular a humilhação, ou qualquer aspecto dela, pela qual ela tivera que passar por Clare Kendry na tarde anterior.

Com um cuidado metódico que não lhe era característico, Irene rasgou a ofensiva carta em pedacinhos que flutuaram e formaram um pequeno monte no colo de seu vestido preto de crepe da China. Terminada a destruição, juntou os pedaços de papel, levantou-se e foi até o fim do trem. Ali, ela os jogou pelo gradil e ficou observando os pedacinhos se espalharem pelos trilhos, pelos restos de carvão, pela grama malcuidada, pelos riachos de água suja.

Pronto, ela disse a si mesma. As chances de voltar a pôr os olhos em Clare Kendry eram de uma em 1 milhão. Se, no entanto, essa milionésima chance acontecesse, Irene só teria que virar o rosto para não ser reconhecida.

Ela tirou Clare dos pensamentos e passou a se concentrar nos próprios assuntos. Sua casa, seus filhos, Brian. Brian, que pela manhã estaria a sua espera na estação enorme e barulhenta. Irene esperava que ele tivesse ficado bem e não muito solitário sem ela e os meninos. Não tão solitário a ponto de aquela antiga, esquisita e infeliz inquietação ter ressurgido em seu íntimo; aquele anseio por um lugar estranho e diferente que, no início do casamento, ela teve que fazer esforços extenuantes para reprimir e que ainda a alarmava brevemente, embora estivesse vindo à tona em intervalos cada vez maiores.

# PARTE II

# Reencontro

# I

Assim sucederam as memórias de Irene Redfield enquanto, sob a luz do sol de outubro que inundava seu quarto, ela segurava aquela segunda carta de Clare Kendry.

Pondo-a de lado, ela percebeu com espanto e certo divertimento a violência de sentimentos que a carta despertou nela.

Não foi a intensidade da raiva que a surpreendeu e até a divertiu. Sem dúvida, essa raiva era justificada e razoável, assim como o fato de ter permanecido, forte e inabalável, apartada de qualquer notícia de John Bellew ou Clare durante os dois últimos anos. Mesmo agora, depois de tanto tempo, não lhe parecia extraordinário que a lembrança das palavras e maneiras daquele homem tivesse o poder de fazer suas mãos tremerem e suas têmporas latejarem. Mas era absurdo, tolo até, que ela conservasse uma vaga sensação de medo, de pânico.

Não a surpreendeu tanto que Clare houvesse escrito a ela e, diante das circunstâncias, expressado o desejo de vê-la novamente. Desprezando os aborrecimentos, as amarguras e o sofrimento dos outros. Clare era assim.

Bem — Irene deu de ombros —, uma coisa era certa: ela não precisava, nem pretendia, se expor a qualquer outra humilhação tão molesta e ultrajante quanto aquela que, pelo bem de Clare Kendry, suportara "naquela vez em Chicago". Uma vez bastava.

Se Clare não havia reconhecido precisamente o custo de sua escolha quando a fez, ela não tinha o direito de esperar que outras pessoas a ajudassem no acerto de contas. O problema de Clare não era apenas desejar ter tudo ao mesmo tempo, mas querer tirar proveito dos outros, além disso.

Irene Redfield sentiu dificuldade para simpatizar com aquela nova amabilidade, aquele anseio confesso que Clare demonstrava por "sua gente".

A carta que ela havia acabado de largar era, pela verbosidade, um pouco extravagante demais para o seu gosto, um tanto imoderada na forma de expressão. E despertara em Irene aquela antiga suspeita de que Clare estava agindo, não de maneira consciente — isto é, não tão consciente —, mas agindo. Irene também não estava disposta a perdoar Clare pelo que ela considerava um completo egoísmo.

Misturada à descrença e ao ressentimento, havia uma outra sensação, uma dúvida. Por que ela havia ficado calada naquele dia? Por que, diante do ódio e da aversão ignorantes de Bellew, ocultara suas origens? Por que permitira que ele fizesse declarações e expressasse seus equívocos sem contestá-lo? Por que, apenas pelo bem de Clare Kendry, que a expusera a tamanho tormento, ela havia falhado em defender a raça à qual pertencia?

Irene se fez essas perguntas, sentiu o peso delas. Mas eram questões meramente retóricas, ela estava ciente, pois sabia que todas tinham a mesma resposta. Que bela ironia! Ela não pôde trair Clare e nem sequer correr o risco de defender um povo que estava sendo caluniado, com receio de que essa defesa pudesse, minimamente, levar à descoberta de seu segredo. Ela tinha um dever em relação a Clare Kendry. Estava ligada a ela pelos mesmos laços raciais que Clare, apesar de repudiá-los, fora incapaz de cortar.

E, Irene sabia, não era que Clare Kendry se preocupasse demasiado com raça ou com o que pudesse ser feito. Ela não se importava, tampouco sentia grande ou sequer real afeição por seus membros, embora tenha declarado eterna gratidão pelas pequenas gentilezas que a família Westover lhe concedera quando criança. Irene duvidava da sinceridade dessa gratidão, vendo a si mesma apenas como meio para um fim no que dizia respeito a Clare. Também não se podia afirmar que ela tivesse o mínimo interesse artístico ou sociológico pela raça que alguns membros de outras raças demonstravam. Ela não tinha. Não, Clare Kendry não dava a mínima para a raça. Ela apenas pertencia ao grupo.

"Que se dane!", exclamou Irene em voz alta enquanto vestia um pé de meia fina bege.

"Ahá! Xingando de novo, senhora? Peguei você no ato."

Brian Redfield entrou no quarto daquele jeito silencioso que, apesar dos anos vividos juntos, ainda tinha o poder de desconcertá-la. Ele ficou ali, observando Irene com aquele sorriso jocoso e algo arrogante, mas que, ainda assim, de alguma forma, caía-lhe muito bem.

Apressando-se, Irene vestiu a outra meia e calçou os chinelos que estavam embaixo da cadeira.

"E o que causou essa explosão de profanações em particular? Quer dizer, se é que um marido compreensivo, mas preocupado, pode perguntar. Uma mãe, ainda por cima! Ah, que tempos estes em que vivemos!"

"Recebi esta carta", disse Irene. "E estou certa de que qualquer um admitiria que é o bastante para fazer até um santo praguejar. A audácia dela!"

Irene passou a carta para o marido, franzindo a testa de leve em pensamento. Pois, com aguçada percepção, ela reparou que estava lhe mostrando a carta em vez de responder com palavras, de forma que ele pudesse se ocupar enquanto ela se apressava em se vestir. Porque Irene estava atrasada mais uma vez, e Brian, ela bem sabia, detestava isso. Por quê, ah, por que ela nunca conseguia cumprir horários? Brian estava pronto havia séculos e fizera algumas ligações, até onde ela sabia, além de ter levado as crianças para a escola, no centro. E ela nem estava vestida ainda, tinha apenas começado a se arrumar. Maldita Clare! Irene havia se atrasado por culpa dela.

Brian se sentou e abaixou a cabeça para ler a carta, franzindo de leve as sobrancelhas em um esforço para decifrar os garranchos de Clare.

Irene, que havia se levantado e estava diante do espelho, penteou os cabelos pretos, então sacudiu a cabeça num gesto delicado e característico, de forma a soltar um pouco as mechas. Passou pó na pele azeitonada e quente, então entrou no vestido com um movimento tão ligeiro que teve alguma dificuldade para ajeitá-lo propriamente. Irene estava pronta, enfim, embora não o houvesse anunciado de imediato, mas sim ficado ali, olhando com uma espécie de distanciamento curioso para o marido no outro lado do quarto.

Brian, pensava ela, era muito bem-apessoado. Ele não era, é claro, bonito nem afeminado; a suave irregularidade do nariz o livrava da beleza, e o peso acentuado do queixo o salvava da feminidade. Mas ele era, de uma forma agradável e masculina, muito belo. Ainda assim, talvez possuísse uma aparência meramente ordinária, não fosse pela riqueza e beleza da pele, que tinha uma textura fina e um tom de cobre intenso.

Ele olhou para cima e disse: "Clare? Suponho que seja a garota que você contou ter encontrado na última vez que esteve fora. É aquela com quem você tomou chá?".

Como resposta, Irene inclinou a cabeça.

"Estou pronta", disse ela.

Enquanto desciam as escadas, Brian a conduzia desnecessariamente, com habilidade, pelos dois degraus arredondados que precediam o patamar central.

"Você não pretende vê-la?", perguntou.

No entanto, Irene estava ciente, as palavras não formaram uma pergunta, mas uma reprimenda.

Seus dentes da frente se fecharam de leve. Irene falou

através deles, com um suave tom de sarcasmo. "Brian, querido, não sou tão idiota a ponto de não perceber que, se um homem me chama de preta uma vez, a culpa é dele, mas, se tiver outra chance de fazê-lo, a culpa é minha."

Eles entraram na sala de jantar. Brian puxou a cadeira de Irene e ela se sentou diante do bule arredondado de café alemão, que exalava sua fragrância matinal misturada com o cheiro de torradas crocantes e bacon temperado, à distância. Com os dedos longos e nervosos, ele pegou o jornal matinal que estava em cima da própria cadeira e se sentou.

Zulena, uma criaturinha cor de mogno, trouxe as toranjas.

Ambos pegaram colheres.

Brian falou, quebrando brandamente o silêncio. "Querida, você me interpretou muito mal. Só quis dizer que espero que você não permita que ela a aborreça. E Clare vai fazer isso, você sabe, se der a mínima chance e se ela for do jeito que você descreveu. De qualquer forma, eles fazem isso sempre. Além disso", corrigiu ele, "o homem, o marido dela, não chamou você de preta. Há uma diferença, você sabe."

"Não, ele não chamou, com certeza. Não de fato. E nem poderia, uma vez que ele não sabia de nada. Mas teria chamado. Dá no mesmo. E foi tão desagradável quanto."

"Hmm, não sei. Mas me parece", observou ele, "que você, minha querida, esteve em vantagem. Estava ciente da opinião dele sobre você, enquanto ele... Bem, as coisas sempre foram assim. Sempre soubemos o que eles pensam de nós. Eles, não. Não por completo. E vamos admitir que há um lado cômico nisso tudo e, às vezes, suas conveniências."

Irene serviu o café.

"Sou incapaz de ver esse lado. Vou escrever a Clare. Ainda hoje, se encontrar tempo. É algo que precisamos resolver em definitivo e de imediato. Não é curioso que ela, diante da atitude lamentável do marido, ainda assim...”

Brian a interrompeu: “É sempre assim. Nunca falha. Lembra-se de Albert Hammond, frequentador assíduo das casas de baile da Sétima Avenida e da Lenox, até que um ‘preto’ atirou nele quando Hammond deu uma olhada na ‘beldade negra’ do homem? Eles sempre voltam. Já vi isso acontecer muitas e muitas vezes”.

“Mas por quê?”, quis saber Irene. “Por quê?”

“Se eu soubesse, saberia o que é raça.”

“Mas você não pensaria que, conseguindo a coisa que desejam, ou as coisas, e de forma tão arriscada, eles estariam satisfeitos? Ou com medo?”

“Sim”, concordou Brian, “poderíamos pensar dessa forma, mas o fato é que eles não se satisfazem. Penso que sentem medo na maior parte do tempo, quando dão vazão ao desejo e têm um deslize. Mas não sentem medo a ponto de se deter, porém. E a razão disso, só Deus sabe.”

Irene se inclinou para a frente, falando — ela estava ciente — com uma veemência absolutamente desnecessária, mas que não podia controlar.

“Bem, Clare não pode contar comigo. Não tenho a menor intenção de servir de ponte entre ela e seus irmãos mais pobres e escuros. Ainda mais depois daquela cena em Chicago! Esperar com tanta tranquilidade que eu...”, ela se deteve, subitamente colérica demais para pronunciar palavra.

“Está certa. É a única coisa sensata a fazer. Deixe que ela sinta sua falta. Não é saudável, o negócio todo. Nunca é.”

Irene assentiu. “Mais café?”, ofereceu.

“Não, obrigado.” Brian voltou a pegar o jornal, fazendo barulho ao abri-lo.

Zulena veio com mais torradas. Brian pegou uma e mastigou ruidosamente, fazendo um som que Irene detestava, e voltou a atenção para o jornal.

Ela disse: “É engraçada, essa coisa de ‘se passar’. Nós

desaprovamos e ao mesmo tempo toleramos isso. Causa desprezo, mas ainda assim admiração. Evitamos com uma estranha repulsa, mas protegemos quem faz".

"É o instinto da raça de sobrevivência e reprodução."

"Bobagem! Nem tudo pode ser explicado por uma citação biológica vaga."

"Absolutamente tudo pode. Veja os ditos brancos, que espalharam bastardos pelo mundo inteiro. O mesmo acontece com eles. Instinto da raça de sobrevivência e reprodução."

Irene não concordava nem um pouco, mas muitas discussões passadas lhe ensinaram o quão fúteis eram as tentativas de combater Brian em um terreno no qual ele se sentia mais em casa que ela. Ignorando a afirmação injustificada, ela desviou por completo do assunto.

"Gostaria de saber", disse ela, "se você terá tempo de me levar até a gráfica. Fica na rua 116. Preciso encomendar alguns folhetos e mais ingressos para o baile."

"Posso, é claro. E como vão os preparativos? Tudo arranjado?"

"Si-im, penso eu. Venderam todos os camarotes e quase todo o primeiro lote de ingressos. E esperamos vender na porta tanto quanto. Depois, há todos aqueles bolos para vender. É uma quantidade terrível de trabalho."

"Aposto que sim. Edificar os irmãos não é tarefa fácil. De minha parte, estou tão ocupado quanto um gato pulguento." E uma sombra passou por seu rosto. "Deus! Como eu odeio pessoas doentes e suas famílias estúpidas e abelhudas, aqueles quartos malcheirosos e sujos, subir e descer degraus imundos naqueles corredores escuros."

"Entendo", Irene começou a falar, lutando contra o medo e a irritação que sentia, "entendo..."

O marido a silenciou, dizendo, ríspido: "Não vamos falar sobre esse assunto, eu lhe peço". Em seguida, com o tom um tanto zombeteiro de sempre, ele perguntou: "Está pronta para ir? Não posso esperar muito".

Brian se levantou. Irene o seguiu até o hall sem responder. Ele pegou seu chapéu marrom no aparador e ficou ali por um momento, girando-o nos longos dedos cor de chá.

Observando-o, Irene pensava: “Não é justo, não é justo”. Depois de tantos anos, ele ainda a culpava daquela maneira. O sucesso do marido não provava que Irene esteve certa em insistir que Brian se dedicasse à profissão ali mesmo, em Nova York? Será que ele não via, ainda agora, que essa decisão *havia sido* a melhor? Não para ela, ah, não para ela — ela nunca levou a si mesma em consideração —, mas para Brian e os meninos. Será que ela jamais se veria livre daquele medo que sempre se esgueirava em seu íntimo, roubando a sensação de segurança e estabilidade da vida que Irene, de forma tão admirável, arranjara para todos eles e que tanto desejava conservar como estava? Aquela estranha e, a seu ver, fantástica ideia de Brian viajar para o Brasil que, embora não dita, ainda vivia dentro dele; como essa ideia a assustava e... sim, a inflamava de raiva!

“E então?”, perguntou ele, em tom suave.

“Só vou pegar minhas coisas. Um minuto”, prometeu ela, e subiu as escadas.

Ela empregou um tom de voz calculado, e seus passos foram firmes, mas a agitação e o alarme que a expressão de descontentamento de Brian despertou em Irene não aliviaram nem um pouco. Ele não falara de seu desejo desde aquela época tempestuosa e cheia de tensões, de disputas odiosas e quase desastrosas, quando Irene se opusera a ele com imensa convicção, apontando com sensatez a completa impossibilidade e as prováveis consequências que ela e os meninos enfrentariam, até mesmo insinuando a dissolução do casamento caso Brian persistisse na ideia. Desde então, durante todos aqueles anos que viveram juntos, não se falou mais no assunto, não houve mais discussões nem ameaças. Mas, insistia ela, por serem tão fortes os laços carnais e espirituais entre os dois, Irene sabia, e sempre soubera, que a insatisfação de Brian continuava, assim como a antipatia e desgosto por sua profissão e por seu país.

Um incômodo a tomou de repente, diante da inconcebível suspeita de que poderia ter se equivocado no julgamento que fizera do caráter do marido. Mas ela se desvencilhou do sentimento. Impossível! Ela não podia ter se enganado. Tudo provava que estivera certa. Mais que certa, se é que isso era possível. E isso, ela assegurava a si mesma, porque compreendia Brian muito bem, porque ela tinha, na verdade, um talento especial para compreendê-lo. Essa era, no seu entendimento, a base do sucesso que fizera de um casamento que ameaçava fracassar. Ela conhecia Brian tão bem quanto ele mesmo, ou até melhor.

Então, por que se preocupar? Aquilo tudo, o descontentamento que explodira em palavras, desvaneceria, se extinguiria, por fim. É verdade, no passado, ela com frequência se via tentada a acreditar que havia desaparecido, apenas para se conscientizar, de forma instintiva e sutil, de que estivera simplesmente se enganando por um tempo e que o descontentamento ainda vivia. Mas *iria* desaparecer. Disso Irene tinha certeza. Ela tinha apenas que guiar seu homem para mantê-lo na direção certa.

Ela vestiu o casaco e arrumou o chapéu.

Sim, desapareceria, pois havia muito tempo ela decidira que seria assim. Mas, nesse meio-tempo, enquanto ainda vivia e tinha o poder de atingi-la e alarmá-la, esse descontentamento precisava ser abafado, suavizado, e algo tinha que ser oferecido em seu lugar. Ela precisaria planejar e tomar alguma decisão, de uma vez por todas. Irene franziu a testa, pois isso a aborrecia muito. Porque, embora temporário, seria algo importante e talvez perturbador. Irene não gostava de mudanças, particularmente daquelas que afetavam sua rotina familiar tranquila. Bem, isso não ajudava. Alguma coisa precisava ser feita. E de imediato.

Ela pegou a bolsa e, vestindo as luvas, desceu as escadas às pressas, saiu pela porta que Brian segurava aberta para ela e entrou no carro que estava à espera.

"Sabe", disse ela, acomodando-se ao lado dele no banco, "estou muito feliz por conseguir este momento a sós com você. Parece que estamos sempre tão ocupados — odeio isso —, mas o que podemos fazer? Tenho pensado sobre um assunto há muito tempo, um assunto que precisa ser discutido e considerado seriamente."

O motor roncou quando o carro deixou o meio-fio e se pôs em direção ao trânsito escasso da rua, sob a hábil direção de Brian.

Irene estudou seu perfil.

Eles entraram na rua 17. Então, Brian disse: "Bem, vamos conversar. Não há tempo melhor que o presente para resolver questões importantes".

"É sobre Junior. Fico me perguntando se ele não está avançando rápido demais na escola. Nós nos esquecemos que ele não tem nem onze anos ainda. Estou certa de que isso não pode ser bom para ele — bem, se é que ele está indo rápido demais, quero dizer. É claro, você entende mais dessas coisas do que eu. É mais capaz de julgar. Isto é, se você sequer notou ou pensou nisso."

"Irene, eu gostaria que você não estivesse sempre aflita em relação aos meninos. Eles estão bem. Perfeitamente bem. São meninos bons, fortes e saudáveis. Sobretudo Junior."

"Be-em, suponho que você tenha razão. Você entende dessas coisas e estou certa de que não se equivocaria sobre seu próprio filho." (Ora, por que ela disse uma coisa dessas?) "Mas não é tudo. Tenho um grande receio de que ele esteja pegando algumas ideias estranhas dos meninos mais velhos sobre as coisas — algumas coisas, você sabe."

Os modos de Irene eram intencionalmente suaves. Ela aparentava estar concentrada na confusão do tráfego, mas observava com atenção o rosto de Brian, que exibia uma expressão peculiar. Seria possível haver ali uma mistura de desdém e reprovação?

"Ideias estranhas?", repetiu ele. "Ideias sobre sexo, você quer dizer?"

"Si-im. E não muito boas. Piadas horrendas e coisas do tipo."

"Ah, entendo", soltou ele. Por um instante, houve silêncio entre os dois. Depois de um momento, ele perguntou, de forma direta: "Bem, e daí? Se o sexo não é uma piada, então o que é? E o que é uma piada?".

"Como quiser, Brian. O filho é seu", disse Irene com um tom de voz nítido, equilibrado e desaprovador.

"Exato! E você está tentando fazer dele um garoto mimado. Se me permite dizer, eu não vou aceitar isso. E não pense que vou deixar que você transfira o garoto para uma escolinha qualquer porque ele está recebendo um pouco de educação necessária. Não vou! Ele vai ficar onde está. Quanto mais cedo e quanto mais souber sobre sexo, melhor para ele. E com certeza não lhe fará mal aprender que sexo é uma grande piada, a maior piada do mundo. Isso vai poupá-lo de muitos desapontamentos no futuro."

Irene não respondeu.

Eles chegaram à gráfica. Irene saiu do carro, batendo a porta enfaticamente atrás de si. Havia uma angústia penetrante em seu coração. Não tivera a intenção de se comportar daquela forma, mas seu ressentimento extremado diante da atitude do marido, a sensação de ter sido deliberadamente mal compreendida e censurada, deixaram Irene furiosa.

Dentro da gráfica, ela deteve o tremor nos lábios e reprimiu a raiva crescente. Feitos seus negócios, Irene voltou para o carro com um humor contido. Mas, diante da carapaça do silêncio teimoso de Brian, ela se ouviu dizendo, em uma voz calma e metálica: "Acredito que eu não vá agora para casa. Lembrei que preciso conseguir algo decente para vestir. Não tenho um trapo sequer para mostrar por aí. Vou pegar o ônibus para o centro".

Brian apenas tirou o chapéu daquele jeito exasperador e educado que disfarçava seu humor tão bem e ainda assim o traía.

"Adeus", disse ela, mordaz. "Obrigada pela carona", e seguiu em direção à avenida.

O que, pensou Irene, arrependida, ela faria agora? Estava aborrecida consigo mesma por ter escolhido uma deixa que acabara se revelando tão descuidada para aquilo que ela quis sugerir: uma escola europeia para Junior no ano seguinte, e que Brian tomasse as rédeas da educação do filho. Se Irene tivesse sido capaz de revelar seus planos — e se Brian houvesse concordado com eles, como ela tinha certeza de que faria — com métodos introdutórios mais favoráveis, Brian os teria encarado como uma quebra naquela cômoda monotonia que parecia, por um motivo que Irene era incapaz de assimilar, tão odiosa para ele.

Ela estava ainda mais aborrecida com sua própria explosão de raiva. O que poderia ter lhe ocorrido para que desse vazão a essa raiva num momento daqueles?

Seus ânimos foram se acalmando aos poucos. Ela recuou da falha de sua primeira tentativa de substituição, menos desencorajada que desapontada e com vergonha. Pode ser, pensou Irene, que, além da inoportuna perda de compostura, ela tenha sido muito precipitada na ânsia de distrai-lo, apressando-se demais no encalço da explosão de Brian e, assim, provocando as suspeitas e a obstinação dele. Irene só tinha que esperar. Outro momento oportuno surgiria, amanhã, na próxima semana, no próximo mês. Agora ela não temia, como temera antes, que Brian pudesse largar tudo e sair correndo para aquele lugar remoto que ele desejava, de coração. Ele não faria isso, Irene sabia. Brian era afeiçoado a ela e a amava do seu jeito um tanto discreto.

E havia os meninos.

Irene queria apenas que ele fosse feliz, ainda que ficasse ressentida com a incapacidade dele de se contentar com as coisas tal como eram, sem nunca reconhecer que, embora ela quisesse que ele fosse feliz, ela só desejava verdadeiramente essa felicidade se ocorresse do jeito dela ou por meio de algum plano que fizesse para o marido. Também não admitia que julgava qualquer outro plano, qualquer outro jeito, como ameaças, mais ou menos indiretas, àquela segurança de lugar e substância que impunha aos filhos e, em menor grau, a si mesma.

## 2

Cinco dias haviam se passado desde a carta suplicante de Clare Kendry. Irene Redfield não lhe respondera, nem recebera qualquer outra notícia sua.

Ela não levara adiante o primeiro impulso de escrever a Clare porque, ao pegar a carta para descobrir o endereço, Irene se deparou com algo que, no rigor de sua determinação de manter intacto o muro que a própria Clare erguera entre elas, havia esquecido ou deixado de notar: o fato de que Clare havia solicitado que lhe respondesse por meio da posta-restante.

Isso deixou Irene furiosa e fez crescer seu desdém e indiferença pela outra.

Rasgando a carta abruptamente, Irene a arremessou na lixeira. Não lhe importavam tanto a cautela de Clare e o desejo de manter as relações entre elas em segredo — Irene compreendia a necessidade disso —, mas o fato de Clare ter duvidado de sua discrição, dando a entender que Irene não seria cuidadosa na resposta e na escolha de uma caixa postal. Tendo sempre confiado por completo em seu bom julgamento e tato acurado, Irene não podia suportar que alguém os questionasse. Com certeza, não Clare Kendry.

Em outro momento, mais calmo, ela decidiu que, no fim das contas, era melhor não responder, não explicar, não recusar nada; desembaraçar-se da questão simplesmente deixando de escrever em resposta. Clare, a quem não se podia julgar como tola, não se enganaria a respeito das implicações desse silêncio. Ela poderia — e Irene estava certa de que o faria — escolher ignorá-lo e escrever novamente, mas não importava. Seria tudo muito fácil. Havia a lixeira para todas as cartas, e o silêncio como resposta.

Era muito provável que Clare e ela não voltassem a se encontrar. Bem, de sua parte, Irene podia lidar bem com isso. Desde a infância, seus caminhos nunca haviam se cruzado. Na verdade, eram duas estranhas. Estranhas nas formas e nos meios de viver. Estranhas nos desejos e nas ambições. Estranhas até em relação à consciência racial. Havia entre elas uma barreira tão alta, tão ampla e tão firme que era como se em Clare não corresse aquela linhagem de sangue negro. Na realidade, a barreira era mais alta, ampla e firme, pois, para Clare, havia perigos desconhecidos e inimaginados por aqueles que não tinham segredos como o dela para alarmá-los e ameaçá-los.

O anoitecer se aproximava. Já passava da metade de outubro. Houve uma semana de chuva fria que encharcara as folhas caídas das pobres árvores enfileiradas na rua em que a casa dos Redfield se localizava, e um ar úmido e gelado soprou dentro da casa, insinuando a chegada de dias frios. No quarto de Irene, um fogo baixo queimava. Do dia, restava apenas uma luz fria e cinzenta lá fora. Dentro de casa, as luzes já haviam sido acesas.

Do andar superior, ouvia-se o som de vozes jovens. Às vezes, a de Junior, séria e decidida; depois, a de Ted, dissimulada e graciosa. Com frequência havia risadas, ou o barulho de algum alvoroço, conflito ou brinquedo sendo jogado no chão.

Junior, alto para a sua idade, era quase idêntico ao pai nas feições e na cor; mas seu temperamento, prático e determinado, assemelhava-se mais ao dela. Ted, especulativo e introvertido, era, ao que parecia, menos decidido em suas ideias e desejos. Havia nele um ilusório ar de candura que, Irene sabia, parecia-se com as demonstrações de aquiescência moderada do pai. Se, por ora, e com uma encantadora aparência de ingenuidade, ele se submetia ao poder de alguma força superior ou a outras condições ou circunstâncias impassíveis, isso se devia ao intenso desgosto por cenas e brigas desagradáveis. Brian, mais uma vez.

Aos poucos, os pensamentos de Irene se afastaram de Junior e Ted para serem absorvidos por completo pelo pai deles.

Com força maior, aquele medo antigo, o medo do futuro, havia mais uma vez se apossado de Irene. E, por mais que tentasse, ela não era capaz de afastá-lo. Era como se houvesse admitido a si mesma que se encontrava indefesa contra aquele consentimento superficial do marido em relação aos seus desejos, que, desde que a guerra o devolvera a ela fisicamente intacto, encobriam uma crescente inclinação de arrancar Brian e todas as suas posses do devido lugar.

A decepção que Irene sentiu quando falhou pela primeira vez em subverter aquela última manifestação do descontentamento dele havia diminuído, deixando em seu encalço uma depressão incessante. Será que todos os seus esforços, toda a sua dedicação para compensar a ele aquela única perda, todo o seu empenho silencioso para provar ao marido que o caminho ao seu lado havia sido a melhor escolha, toda a ajuda que ela lhe prestara, toda a anulação de si mesma, se mostrariam sem valor de uma hora para outra? E, se assim fosse, que consequências os meninos sofreriam? E ela? E Brian? Uma busca sem fim não trouxe nenhuma resposta a essas perguntas. Restava apenas um cansaço intenso, causado por aquela incansável procissão em seu cérebro.

O barulho e a comoção lá em cima ficaram mais altos. Irene estava prestes a ir até a escada para pedir que os meninos fossem mais silenciosos nas brincadeiras quando ouviu a campainha tocar.

Quem poderia ser? Ela ouviu os saltos de Zulena batendo fracos a caminho da porta, o som dos pés dela subindo a escada e, então, uma batida suave na porta do quarto.

"Pois não? Entre", disse Irene.

Zulena disse, da porta: "Visita para a madame, sra. Redfield". Seu tom de voz era um tanto pesaroso, como se para expressar que estava relutante em incomodar a dona da casa àquela hora, e por causa de uma estranha. "Uma tal de sra. Bellew."

Clare!

"Ah, céus! Diga a ela, Zulena", começou Irene, "que não posso... Não. Vou recebê-la. Por favor, traga ela até aqui."

Ela ouviu Zulena atravessando o corredor e descendo as escadas, então se levantou, alisando os pregueados verdes e marfim do vestido com batidinhas suaves. Diante do espelho, passou um pouco de pó no nariz e penteou o cabelo.

Irene pretendia dizer a Clare de uma vez por todas que a visita não tinha serventia alguma, que ela não poderia se responsabilizar, que conversara a respeito com Brian, e que seu marido havia concordado com ela que, para o bem de Clare, seria mais prudente evitar...

Foi até aí que ela conseguiu chegar em seu ensaio, pois Clare havia entrado no quarto sorrateira e sem bater, e antes que Irene tivesse a chance de cumprimentá-la, a outra já tinha dado um beijo em seus cachos escuros.

Olhando para a mulher à sua frente, Irene Redfield foi acometida por uma repentina e inexplicável afeição. Ela pegou as duas mãos de Clare e falou alto, com algum assombro na voz: "Meu Deus! Como você está adorável, Clare!".

Clare dispensou o elogio, fazendo o mesmo com o casaco de pele e o pequeno chapéu azul que jogou na cama antes de se sentar na cadeira favorita de Irene, com um pé dobrado embaixo do corpo.

"Você pensou em responder à minha carta, Rene?", perguntou, séria.

Irene virou o rosto. Ela teve aquela sensação desconfortável que atinge uma pessoa que não se comportou de forma totalmente gentil ou verdadeira.

Clare continuou: "Tenho ido todos os dias àquele posto dos correios horroroso. Estou certa de que todos ali começaram a pensar que estou vivendo um caso amoroso proibido e que o homem me dispensou. Encontro a mesma resposta todas as manhãs: 'Nada para a senhora'. Fui tomada por um medo terrível, pensando que algo devia ter acontecido com a sua carta ou com a minha. E, quase todas as noites, deito e fico ali acordada observando as poucas estrelas — coitadas das estrelas —, preocupada e refletindo. Mas por fim me dei conta de que você não havia me respondido e nem pretendia fazê-lo. Então... Assim que Jack foi para a Flórida, vim até aqui. E agora, Rene, me diga francamente por que você não respondeu à minha carta".

"Porque, veja...", Irene se interrompeu e deixou Clare esperando enquanto acendia um cigarro, assoprava o fósforo e o jogava no cinzeiro. Estava tentando reunir argumentos, pois algum sexto sentido a alertou que seria mais difícil do que previra convencer Clare Kendry de que o Harlem não passava de uma tolice, no caso dela. Por fim, prosseguiu: "Não me sai da cabeça que você não deveria ter vindo até aqui, não deveria correr o risco de se aproximar de pessoas negras".

"Quer dizer que você não me quer aqui, Rene?"

Irene não pensara que uma pessoa era capaz de parecer tão magoada. Ela disse, com gentileza: "Não, Clare, não é isso. Mas até você deve perceber que isto é um disparate sem tamanho, não é a coisa certa a se fazer".

A risada de Clare tilintou enquanto ela passava as mãos pelo cabelo brilhante. "Ah, Rene!", gritou ela, "você não tem preço! E não mudou nada. A coisa certa!" Inclinando-se para a frente, ela olhou com curiosidade dentro dos olhos castanhos e desaprovadores de Irene. "Você não pode estar querendo dizer isso de verdade! Ninguém poderia. É inacreditável."

Antes de perceber que havia se levantado, Irene já estava de pé. "O que eu quero dizer", replicou ela, "é que se trata de uma situação perigosa e que você não deveria correr riscos tão tolos. Ninguém deveria. Você, menos ainda."

Sua voz falhou, pois ocorrera a ela um pensamento estranho e irrelevante, uma suspeita, que a surpreendeu, a chocou e a fez se levantar. O que lhe ocorrera foi que, apesar do insistente egoísmo, a mulher à sua frente era capaz de uma intensidade e profundidade de sentimentos que ela, Irene Redfield, jamais conhecera. Na verdade, nunca se importara em conhecer. O pensamento, a suspeita, se foi tão rápido quanto viera.

Clare disse: "Ah, eu!".

Irene afagou o braço da outra, como que arrependida daquele pensamento passageiro. "Sim, Clare, você. Não é nem um pouco seguro."

"Seguro!"

Pareceu a Irene que Clare havia cravado os dentes na palavra, para então cuspi-la para longe. E, por outro breve momento, ela teve aquela suspeita sobre a capacidade da outra de sustentar uma qualidade sentimental estranha a Irene, até mesmo repugnante. Ela também sentia uma vaga premonição de algum desastre iminente. Foi como se Clare Kendry houvesse dito a Irene, para quem a segurança era muito importante: "Seguro! Dane-se a segurança!", sem vacilar.

Com um gesto de impaciência, Irene se sentou. Em um tom frio e formal, ela disse: "Brian e eu conversamos a fundo sobre o assunto e decidimos que não é algo prudente a se fazer. Ele disse que esses regressos são sempre perigosos, e que já viu mais de uma pessoa indo parar no túmulo por causa disso. E, Clare, considerando todas as coisas — a atitude do sr. Bellew e tudo mais —, você não acha que deveria ser o mais cuidadosa possível?".

A voz rouca de Clare quebrou o breve silêncio que se seguiu ao discurso de Irene. Ela disse, quase melancólica: "Eu deveria ter imaginado que o problema era Jack. Não a culpo por estar com raiva, embora deva dizer que seu comportamento naquele dia foi maravilhoso. Mas pensei que você entenderia, Rene. Em parte, foi por isso que senti vontade de ver outras pessoas, foi quando tudo mudou. Não fosse por isso, eu seguiria em frente sem nunca mais encontrar nenhum de vocês. Mas algo despertou em mim, e desde então tenho me sentido tão sozinha! Você não pode imaginar como é. Não ter uma alma sequer por perto, ninguém para conversar de verdade".

Enquanto apagava o cigarro, Irene teve mais uma vez a visão de Clare Kendry encarando com desdém o rosto do pai, e pensou que ela olharia da mesma forma para o marido se estivesse morto diante dela.

Irene afastou o próprio ressentimento, e sua voz guardava um tom de piedade ao exclamar: "Ora, Clare! Eu não sabia. Me perdoe. Me sinto uma verdadeira tola. Foi estúpido de minha parte não ter pensado nisso".

"Não, nada disso. Você não teria como. Ninguém, nenhum de vocês, teria", resmungou Clare. Os olhos pretos se encheram de lágrimas que desceram pelas bochechas e se derramaram em seu colo, arruinando o veludo caríssimo do vestido. As longas mãos, erguidas a certa altura, uniram-se com força. O esforço que ela fazia para falar de forma moderada era óbvio, mas sem sucesso. "Como você poderia saber? Como? Você é livre e feliz. E", disse ela, numa voz um tanto zombeteira, "segura."

Irene deixou passar esse toque de zombaria, pois a comovente revolta nas palavras da outra havia trazido lágrimas aos seus próprios olhos, embora Irene não as permitisse cair. A verdade é que chorar não lhe caía bem. Poucas mulheres, imaginou, choravam de forma tão atraente quanto Clare. "Estou começando a acreditar", murmurou ela, "que ninguém nunca é feliz, livre ou seguro por completo."

"Bem, então, que importa? Arriscar-se mais ou menos, se não estamos seguras de qualquer forma, se nem você está, não pode fazer grande diferença. Não no meu caso. Além disso, estou acostumada a correr riscos. E este não é tão grande quanto você está tentando tornar."

"Ah, ele é. E pode fazer toda a diferença do mundo. Pense na sua filha, Clare, e nas consequências que ela pode sofrer."

O rosto de Clare ganhou uma expressão assustada, como se ela estivesse totalmente despreparada para essa nova arma que Irene usou para atacá-la. Segundos se passaram, durante os quais Clare ficou ali sentada com o olhar aflito e os lábios comprimidos. "Penso que ser mãe é a coisa mais cruel do mundo", disse ela, por fim. As mãos unidas balançaram para a frente e para trás, e sua boca vermelha tremia sem controle.

"Sim", concordou Irene, com suavidade. Por um momento, ela foi incapaz de dizer mais, tamanha fora a precisão de Clare ao colocar em palavras aquilo que, embora não definido por completo, com frequência habitava seu coração nos últimos dias. Ao mesmo tempo, Irene estava ciente de que ali, em suas mãos, havia um argumento que não podia ser deixado de lado. "Sim", repetiu ela, "e a mais responsável, Clare. Nós, mães, somos completamente responsáveis pela segurança e felicidade de nossas crianças. Pense em como seria para sua Margery se o sr. Bellew descobrisse. Você provavelmente a perderia. E, se não fosse assim, a vida dela nunca mais seria a mesma. Bellew jamais se esqueceria de que ela tem sangue negro. E se ela soubesse... Bem, acredito que depois dos doze anos é tarde demais para descobrir algo dessa natureza.

Ela jamais a perdoaria. Você pode estar acostumada a se arriscar, mas esse risco você não deveria correr, Clare. É um capricho egoísta, desnecessário e... Sim, Zulena, o que é?", perguntou, um tanto mordaz, para a empregada que havia se materializado em silêncio na porta.

"Telefonema para a madame, sra. Redfield. É o sr. Wentworth."

"Tudo bem. Obrigada. Vou atender daqui." E murmurando uma desculpa para Clare, pegou o fone.

"Alô... Sim, Hugh... Ah, vou bem... E você?... Lamento, vendemos todos... Ah, que lástima... Penso que seja possível. Entendo, não é lá muito agradável, mas... Sim, claro, foram vendidos num piscar de olhos... Espere! Já sei! Vou trocar o meu com a pessoa que se sentaria ao seu lado, e você pode... Não... De verdade... Estarei tão ocupada que nem vai me importar estar sentada ou em pé... Desde que Brian tenha um lugar para se sentar de vez em quando... Não, não direi nada a ninguém... Imagine... Ótimo... Minhas lembranças a Bianca... Vou ver isso já e ligo de volta... Adeus."

Irene desligou e se voltou para Clare, com as feições suaves e bem-feitas um tanto franzidas. "É o baile da L. B. N.", explicou ela, "a Liga para o Bem-Estar dos Negros, você sabe. Faço parte da organização dos convites, ou melhor, eu *sou* a organização. Graças aos céus tudo isso acaba amanhã à noite e não volta a acontecer até ano que vem. Estou prestes a enlouquecer, e agora tenho que convencer alguém a trocar de lugar comigo."

"Por acaso não era Hugh Wentworth?", perguntou Clare. "Não *o* Hugh Wentworth?"

Irene inclinou a cabeça. Havia um sorrisinho triunfante em seu rosto. "Sim, era *o* Hugh Wentworth. Você o conhece?"

"Não. Como poderia? Mas sei quem é. E já li um ou dois livros dele."

"São ótimos, não são?"

"Humm, creio que sim. Um pouco presunçosos, eu achei, como se ele desprezasse tudo e todos."

"Eu não ficaria surpresa se ele o fizesse, pois quase ganhou esse direito, depois de ter vivido nos confins de pelo menos três continentes e de ter passado por todo tipo de perigo e lugar selvagem. Não impressiona que ele veja o resto de nós como um bando de mal-acostumados. Mas Hugh é um amor, tão generoso quanto um dos doze discípulos, desses que daria a roupa do corpo. Bianca, sua esposa, também é boa pessoa."

"E ele vai ao seu baile?"

Irene perguntou por que não iria.

"Me parece curioso um homem desses ir a um baile de negros."

Irene disse que era o ano de 1927, em Nova York, e centenas de pessoas brancas como Hugh Wentworth compareciam a eventos no Harlem com muita frequência. Tantas que Brian havia dito: "Logo logo as pessoas de cor não serão mais permitidas nesses lugares, ou terão que se sentar em seções separadas".

"E o que eles vêm fazer aqui?"

"O mesmo que você: ver pessoas negras."

"Mas por quê?"

"Por vários motivos", explicou Irene. "Alguns vêm somente para se divertir. Outros, para colher material para fazer uns trocados. E a maioria vem para admirar pessoas famosas ou quase famosas admirando os negros."

Clare bateu palmas. "Rene, acho que vou também! Me parece muito interessante e divertido. E não vejo por que não deveria ir."

Irene, que observava Clare por entre os olhos semicerrados, teve o mesmo pensamento de dois anos atrás, no terraço do Drayton, de que Clare Kendry era quase bonita demais. Seu tom beirou a ironia quando falou: "Você diz isso porque tantas outras pessoas brancas vão?".

Um pálido tom rosado tomou as bochechas de marfim

de Clare, que ergueu uma mão em protesto. “Não seja tola! É claro que não! Quis dizer que, em meio a um grupo como esse, eu não seria notada.”

Pelo contrário, era a opinião de Irene. Seria até duplamente perigoso. Algum amigo ou conhecido de John Bellew ou dela mesma poderia ver Clare e reconhecê-la.

Clare riu disso durante um bom tempo, com breves trinados sonoros seguidos, e assim por diante. Foi como se o pensamento de haver qualquer amigo de John Bellew em um baile de pessoas negras fosse para ela a coisa mais engraçada do mundo.

“Não creio que precisemos nos preocupar com isso”, disse ela, parando de rir.

Irene, no entanto, não estava tão certa. Mas todos os seus esforços para dissuadir Clare foram inúteis. Ao seu “Nunca se sabe quem poderemos encontrar lá”, a réplica de Clare foi: “Vou testar minha sorte”.

“Além disso, você não conhece ninguém, e eu estarei muito ocupada para acompanhá-la. Você vai ficar muito entediada.”

“Não vou, não. Se ninguém me convidar para dançar, nem mesmo o dr. Redfield, apenas ficarei lá sentada, observando os famosos e os nem tão famosos também. Seja educada, Rene, e me convide.”

Irene se esquivou da ternura do sorriso de Clare, dizendo de pronto e com determinação: “Não farei isso”.

“Pretendo ir de qualquer forma”, retrucou Clare, com um tom de voz não menos decidido que o de Irene.

“Ah, não. Você não poderia ir sozinha. É um evento público, que recebe todo tipo de gente, qualquer um que puder pagar um dólar, até mesmo as moças de vida fácil à procura de clientes. Se você for até lá sozinha, pode ser confundida com alguma delas, o que não seria muito agradável.”

Clare voltou a rir. “Obrigada, nunca me ocorreu algo do tipo. Seria divertido. Estou avisando, Rene, que se você não for boazinha e me convidar, ainda assim estarei entre os presentes. Suponho que meu dólar valha tanto quanto o das outras pessoas."

"Ah, seu dólar! Não seja tola, Clare. Não me importo para onde você vai ou o que faz por aí. Apenas me preocupo com as situações desagradáveis e com o perigo em que você pode se envolver por conta de sua situação. Falando com franqueza, eu não gostaria de me misturar com esse tipo de gente." Enquanto falava, Irene se levantou mais uma vez e foi até a janela ajeitar os pequenos crisântemos no vaso de pedra cinza no parapeito. Suas mãos tremiam de leve, pois ela se encontrava à beira de um ataque de impaciência e exasperação.

Clare estava com uma expressão estranha, como se quisesse chorar mais uma vez. Um dos pés calçados com cetim balançava sem descanso para a frente e para trás. Ela disse de forma veemente, quase violenta: "Maldito Jack! Ele me afasta de tudo o que eu quero. Eu poderia matá-lo! Espero fazer isso um dia".

"Eu não faria isso", aconselhou Irene, "pois ainda existe pena de morte, neste estado, pelo menos. E francamente, Clare, depois de tudo, não acho que você tenha o direito de colocar toda a culpa nele. Você precisa admitir que Bellew tem o lado dele. Você não lhe disse que era negra, então ele não tinha como saber sobre esse seu anseio pelos negros, ou que você fica furiosa quando o ouve chamá-los de 'demônios pretos'. A meu ver, você apenas terá que suportar algumas coisas e abrir mão de outras. Como dissemos antes, tudo tem seu preço. Por favor, seja razoável."

Mas Clare, era evidente, evitava a razão e o cuidado. Ela balançou a cabeça. "Não posso, não posso", disse. "Eu seria, se pudesse, mas não posso. Você não sabe, não é capaz de imaginar o quanto desejo ver pessoas negras, estar com elas mais uma vez, falar com elas, ouvir suas risadas."

No olhar que ela lançou para Irene, havia algo hesitante, sem esperanças, mas ainda assim tão absolutamente determinado que era como um reflexo da busca inútil e da firme resolução que havia na alma da própria Irene, e que aumentou o sentimento de dúvida e remorso em relação a Clare que vinha crescendo dentro dela.

Irene cedeu.

"Ah, então venha, se quiser. Suponho que você tenha razão. Uma vez só não pode fazer grande mal."

Ignorando os agradecimentos extravagantes de Clare, pois Irene se arrependeu de imediato, ela disse, bruscamente: "Quer subir e ver os meninos?".

"Eu adoraria."

Enquanto subiam, Irene pensava que Brian veria seu comportamento como o de uma tola fraca de caráter. E estaria certo, pois ela certamente havia se revelado dessa forma.

Clare estava sorrindo. Ela ficou parada na porta do quarto de brincar dos meninos, com o olhar vago observando Junior e Ted, que haviam se apartado na brincadeira de luta. O rosto de Junior tinha uma expressão engraçada de ressentimento. A expressão de Ted era neutra.

Clare disse: "Por favor, não fiquem bravos comigo. É claro, sei que cheguei e estraguei tudo. Mas, se eu prometer não me intrometer muito, talvez vocês me deixem entrar".

"É claro, pode entrar se quiser", Ted disse a ela. "Não podemos impedir você, sabe disso." Ele sorriu, fez uma pequena mesura para Clare e se virou para uma prateleira com seus livros favoritos. Pegando um deles, sentou-se numa cadeira e começou a ler.

Junior não disse nada, não fez nada, apenas ficou ali parado, à espera.

"Levante-se daí, Ted! Que rude da sua parte. Este é Theodore, sra. Bellew. Por favor, perdoe suas maneiras. Ele sabe se comportar melhor. E este é Brian Junior. A sra. Bellew é uma velha amiga da mamãe. Nós duas brincávamos juntas quando éramos pequenas."

Clare já tinha ido embora e Brian telefonara dizendo que ficara preso no trabalho e que jantaria no centro. Irene ficou um tanto quanto satisfeita com isso. Ela sairia sozinha mais tarde, o que significava que provavelmente não veria Brian até a manhã seguinte, e então poderia evitar falar de Clare e do baile da L. B. N. por mais algumas horas.

Irene estava aborrecida consigo mesma e com Clare. Porém mais consigo mesma, por ter permitido que Clare a provocasse a ponto de fazer uma coisa que Brian desaconselhara expressamente. Ela não queria perturbá-lo, não agora, não enquanto ele estivesse possuído por aquela inquietação insensata.

Irene estava irritada, também, pela ciência de que havia consentido com algo que, se continuasse depois do baile, a envolveria em inúmeras inconveniências e evasivas ordinárias. E não apenas em casa, com Brian, mas lá fora, com seus amigos e conhecidos. As desagradáveis possibilidades relacionadas à presença de Clare Kendry entre eles surgiam diante dela em uma sucessão infinita e irritante.

Clare, ao que parecia, ainda tinha a habilidade de garantir aquilo que desejava diante de qualquer obstáculo, negligenciando totalmente os interesses e as vontades das outras pessoas. Havia nela uma qualidade dura e persistente que, com a força e a resistência de uma rocha, não permitia que se desse por vencida nem fosse ignorada. Irene julgava que Clare nunca conseguira viver uma vida tranquila. Não com aquele segredo obscuro se esgueirando o tempo todo no fundo de sua consciência. Ainda assim, ela não carregava o ar de uma mulher cuja vida havia sido tocada por incertezas e sofrimentos. Dor, medo e luto deixam marcas nas pessoas. Até o amor, esse sentimento primoroso e torturante, deixa traços sutis no semblante.

Mas Clare havia permanecido aquilo que sempre fora, uma criança encantadora e um tanto solitária — egoísta, teimosa e incômoda.

# 3

As coisas das quais Irene Redfield se lembrou posteriormente ao baile da Liga para o Bem-Estar dos Negros pareciam desconexas e sem importância.

Ela se lembrava do sorriso um tanto quanto zombeteiro com o qual Brian ocultou o aborrecimento quando Irene o informara — ah, tão cheia de remorso — que havia prometido levar Clare ao baile e relatara a conversa que tiveram durante a visita.

Ela se lembrava da própria demonstração discreta de admiração quando, ao descer as escadas alguns minutos mais tarde do que pretendera, apressara-se até a sala de estar onde Brian estava à sua espera e encontrara Clare ali também. Clare, bela, dourada, perfumada, ostentosa, em um majestoso vestido de tafetá preto e brilhante, cuja saia longa e cheia caía em graciosas dobras sobre os pés esguios e dourados; o cabelo brilhante levemente penteado para trás, formando uma ondulação discreta na nuca; os olhos cintilando como duas joias negras. Irene, com seu vestido novo de chiffon rosado que ia até os joelhos e os cachos aparados, sentiu-se desleixada e banal. Ela se arrependeu de não ter aconselhado Clare a vestir algo mais habitual e discreto. O que Brian pensaria daquela proposital tentativa de chamar a atenção? Mas, se na aparência de Clare Kendry havia qualquer coisa perturbadora ou desagradável para Brian Redfield, isso não foi discernível à esposa quando ela, com um sentimento incômodo de culpa, ficou ali observando a expressão no rosto dele enquanto Clare explicava que os dois já haviam se apresentado, pontuando as palavras com um sorrisinho cheio de deferência e recebendo um dos sorrisos divertidos e ligeiramente debochados de Brian em resposta.

Ela se lembrava de Clare dizendo, enquanto eles se apressavam na direção norte: "Sinto como se fosse um domingo de Natal. Como se soubesse que há uma surpresa para mim e eu mal possa adivinhar o que pode ser. Estou *animadíssima*! Vocês nem imaginam! É tão maravilhoso finalmente estar a caminho do baile! Mal posso acreditar!".

Diante das palavras e do tom de Clare, um calafrio de desdém percorrera Irene. Todos aqueles superlativos! Tomando cuidado para soar indiferente, Irene disse: "Bem, talvez você se surpreenda de algumas formas, e mais do que espera".

Brian, ao volante, respondeu: "Insisto que não vai ficar tão surpresa, pois o baile sem dúvida será o que ela espera. Como um domingo de Natal".

Ela se lembrava de andar para cima e para baixo, conversando com esta e aquela pessoa, aproveitando aqui e ali uma deixa para se aventurar com algum homem de cuja dança ela gostasse em particular.

Ela se lembrava de captar vislumbres de Clare na multidão que girava, por vezes dançando com um homem branco, com mais frequência com um homem negro e na maior parte das vezes com Brian. Irene estava feliz por ver que ele estava sendo agradável com Clare, feliz por Clare ter a oportunidade de descobrir que alguns homens de cor eram melhores que alguns homens brancos.

Ela se lembrava de uma conversa que tivera com Hugh Wentworth quando parou durante meia hora para descansar, jogando-se em uma cadeira vazia e deixando seu olhar vagar pela multidão ofuscante lá embaixo.

Por ali passavam homens jovens, velhos, brancos, negros; mulheres jovens, mais velhas, rosadas, douradas; homens gordos, magros, altos, baixos; mulheres corpulentas, esbeltas, imponentes. Uma velha cantiga infantil surgiu em sua cabeça. Ela se virou para Wentworth, que acabara de ocupar um lugar atrás dela, e a recitou:

"*Rei, capitão,*
*soldado, ladrão.*"

"Isso mesmo", disse Wentworth. "Parece haver todo tipo de gente aqui, e ainda mais. Mas o que estou tentando descobrir é o nome, estado civil e raça daquela beldade loira que parece ter saído de um conto de fadas. Ela está dançando com Ralph Hazelton agora. Um belo contraste, eu diria."

E era. Clare, dourada e clara como um dia ensolarado. Hazelton, escuro, com aqueles olhos brilhantes como uma noite iluminada pelo luar.

"É uma velha conhecida, de Chicago. E ela quer conhecê-lo."

"Uma gentileza da parte dela, estou certo. Mas, ah! Como sempre, todos estes outros... é... 'cavalheiros de cor' afastaram um humilde nórdico de seus pensamentos."

"Bobagem!"

"É um fato, acontece com todas as mulheres de minha raça superior que são atraídas para cá. Veja Bianca. Houve alguma vez esta noite em que eu a vi, a não ser aqui e ali, girando nos braços de algum etíope? Pode apostar que não."

"Mas, Hugh, você tem que admitir que o homem de cor médio é melhor dançarino que qualquer branco — se é que os brancos famosos e 'de posses' que vêm se aventurar aqui representam bem a arte de Terpsícore."

"Bem, como não pude me deleitar com nenhum pé de valsa, não estou em posição de argumentar a respeito.

Mas não penso que seja apenas isso. Há algo mais, um outro tipo de atração. Elas estão sempre elogiando a beleza de algum negro, de preferência os de pele bem escura. Hazelton, por exemplo. Dezenas de mulheres dizem que ele tem uma beleza fascinante. Mas e você, Irene? Você o acha... é... incrivelmente belo?"

"Não! E não acho que as outras pensem assim. Não francamente, quero dizer. Creio que o que elas sentem é... Bem, uma espécie de excitação emocional. Você sabe, o tipo de coisa que sentimos na presença de algo estranho e talvez, até certo ponto, repugnante; algo tão diferente que, na verdade, é o exato oposto de todas as nossas noções comuns de beleza."

"Que o diabo me leve se você não está no caminho certo!"

"Tenho certeza que sim, perfeitamente. (A não ser, é claro, quando se trata apenas de alguma gentileza da parte delas.) E conheço garotas de cor que experimentaram a mesma coisa — ao contrário, naturalmente."

"E os homens? Você concorda com a opinião geral sobre os interesses deles aqui? Puramente predatórios, quero dizer. Ou não?"

"N-não. Eu diria que se trata mais de curiosidade."

Wentworth, cujos olhos eram de uma turva cor de âmbar, lançou para Irene um olhar demorado e curioso, encarando-a. Ele disse: "É muito interessante, Irene. Precisamos conversar mais a fundo sobre isso, em outra ocasião. Sobre sua amiga de Chicago vindo aqui pela primeira vez e tudo mais, um caso muito característico".

O sorriso de Irene apenas ergueu os cantos de seus lábios maquiados. Um fósforo brilhou entre as mãos largas de Wentworth enquanto ele acendia o cigarro dela e o próprio, apagando-se antes de ele perguntar: "Ou não?".

O sorriso de Irene se transformou em uma gargalhada. "Ah, Hugh! Você é tão esperto, sempre sabendo de tudo, até como separar as ovelhas das cabras. O que você acha?"

Ele soltou uma longa e contemplativa espiral de fumaça: "O diabo que o diga! Num minuto, tenho certeza de que aprendi o truque, e então, no próximo, descubro que não sou capaz de desvendar nada, nem se minha vida dependesse disso".

"Bem, não se preocupe. Só de olhar, ninguém pode dizer."

"Só de olhar, hein? O que você quer dizer?"

"Receio que não possa explicar. Não de forma clara. Há maneiras, mas não exatas ou tangíveis."

"Algum sentimento de parentesco ou algo do tipo?"

"Pelos céus, não! Ninguém sente isso, a não ser pelos parentes de verdade."

"Tem razão! Mas prossiga com o caso das ovelhas e das cabras."

"Bem, tome como exemplo minha experiência com Dorothy Thompkins. Precisei encontrá-la quatro ou cinco vezes, em meio a grupos grandes e pequenos, antes de saber que ela não é uma mulher negra. Um dia, fui a um chá medonho, terrivelmente pomposo. Dorothy estava lá e conversamos. Em menos de cinco minutos, eu soube que ela era uma 'branquicela'. Não por seus modos ou palavras, nem por sua aparência. Era apenas... alguma coisa. Que não pude identificar."

"Sim, entendo o que você quer dizer. Ainda assim, muitas pessoas 'se passam' o tempo inteiro."

"Não do nosso lado, Hugh. É fácil para uma pessoa negra 'se passar' por branca. Mas não acho que seria tão simples para uma pessoa branca 'se passar' por negra."

"Nunca pensei nisso."

"Não, claro que não. Por que deveria?"

Ele a considerou de forma crítica através de uma névoa de fumaça. "Isso foi uma indireta, Irene?"

Ela disse, sóbria: "Não para você, Hugh. Você me agrada muito e é sincero demais".

E ela se lembrava de que, quando o baile se encaminhava para o fim, Brian fora até ela e dissera: "Vou deixá-la em casa antes e depois levo Clare". E de que ele havia duvidado de sua discrição quando Irene explicou que não precisaria se preocupar, pois ela havia pedido para que Bianca e Hugh Wentworth levassem Clare. Brian perguntara se Irene achava prudente contar sobre o caso de Clare.

"Eu não disse nada", falou Irene bruscamente, pois estava exausta, "apenas que ela está hospedada no Walsingham. Fica no caminho deles. E, na verdade, não pensei em ser prudente, mas, pensando agora, eu diria que é muito melhor que eles a levem do que você."

"Como quiser. Ela é sua amiga, você sabe", respondera Brian, com um dar de ombros desdenhoso.

A não ser por esses fatos desconectados, o baile se transformara em uma memória borrada, cujos contornos se misturavam àqueles de outros bailes que ela havia frequentado no passado e que frequentaria no futuro.

# 4

Mas, por mais indistinto que parecesse, o baile ainda assim havia sido importante, pois marcara o início de um novo fator na vida de Irene Redfield, algo que deixou rastro em todos os anos futuros de sua existência. Foi o início de uma nova amizade com Clare Kendry.

Clare começou a visitá-los com frequência depois do baile. Sempre com uma alegria contagiante que inundava o lar dos Redfield. Ainda assim, Irene não tinha certeza se as visitas traziam felicidade ou aborrecimento.

Clare certamente não dava trabalho. Ela não precisava ser entretida, ou sequer ser notada — se é que alguém seria capaz de deixar de notá-la. Se acontecesse de Irene estar fora ou ocupada, Clare podia, muito alegre, divertir-se com Ted e Junior, que haviam cultivado por ela uma admiração que beirava a adoração, especialmente Ted. Ou, na falta dos meninos, ela ia até a cozinha e, com uma falta de percepção — para Irene — irritante e infantil, passava o tempo da visita conversando com Zulena e Sadie.

Irene, enquanto se ressentia em segredo dessas visitas ao quarto de brincar dos meninos e à cozinha, por alguma razão obscura que evitava colocar em palavras nunca pediu que Clare desse um fim nelas, tampouco insinuou que ela não devia mimar tanto a própria filha, nem ser tão amigável com criadas brancas.

Brian via tudo isso com o mesmo divertimento tolerante que marcava suas atitudes em relação a Clare. Ele nunca mais demonstrara nenhum tipo de desaprovação à presença da outra desde a leve e desdenhosa surpresa que exprimira quando Irene informou que Clare os acompanharia ao baile. Por outro lado, não se podia dizer que a presença dela o agradasse, mas não chegava a aborrecê-lo ou perturbá-lo, até onde Irene podia julgar. E era tudo.

Um dia, Irene perguntou a ele se não achava que Clare tinha uma beleza extraordinária.

"Não", respondeu ele. "Isto é, não particularmente."

"Brian, você só pode estar brincando!"

"Não, estou sendo honesto. Talvez eu seja exigente. Suponho que ela seria uma mulher branca de beleza incomum. Gosto de mulheres mais escuras. Ela não é páreo para uma beldade negra de primeira."

Às vezes, Clare acompanhava Irene e Brian a festas e bailes e, em algumas ocasiões, quando Irene não pôde ou não esteve disposta para sair, ela fora sozinha com Brian a uma noite de bridge ou baile beneficente.

De vez em quando, ela aparecia para um jantar formal na casa deles. No entanto, apesar de sua postura e de demonstrar experiência de vida, ela não era a convidada ideal para jantares. Além do deleite estético que uma pessoa poderia ter ao observá-la, Clare contribuía pouco, ficando em silêncio na maior parte do tempo, com uma expressão estranha e sonhadora nos olhos hipnóticos, embora pudesse, em nome de algum propósito pessoal — o desejo de ser incluída em um grupo que havia se formado para visitar cabarés, ou de ser convidada para um baile ou chá —, falar de forma fluente e divertida.

No geral, Clare era uma pessoa querida, tão amigável e receptiva, tão pronta para dar a todas as pessoas o gostinho da adulação. Ela também não se importava em parecer um pouco patética e miserável, de forma que os outros pudessem sentir pena dela. E, não importava com que frequência ela estivesse entre eles, Clare ainda se comportava como uma pessoa à parte, um tanto misteriosa e estranha, alguém que despertava a imaginação, admiração e piedade.

As visitas eram irresolutas e incertas, pois dependiam da presença ou ausência de John Bellew na cidade. Mas, de vez em quando, ela conseguia dar uma escapada durante uma tarde, mesmo quando ele não estava fora. Conforme o tempo passava sem nenhum perigo aparente, até Irene parou de se preocupar com a possibilidade do marido de Clare descobrir sua identidade racial.

A filha, Margery, havia ficado em uma escola na Suíça, pois Clare e Bellew voltariam para lá no início da primavera. Em março, segundo Clare. "E como odeio pensar nisso!", dizia ela, sempre com uma sugestão de rebeldia reprimida. "Mas não vejo como poderei escapar. Jack não quer nem ouvir sobre eu ficar para trás. Se eu pudesse passar só mais alguns meses em Nova York — sozinha, quero dizer —, seria a maior felicidade do mundo."

"Penso que você será feliz o suficiente quando partir", disse Irene, um dia, quando Clare estava lamentando a partida que se aproximava. "Lembre-se de Margery. Pense no quão contente você vai ficar por vê-la depois de todo esse tempo."

"Filhos não são tudo", foi a resposta de Clare Kendry. "Há outras coisas no mundo, embora eu deva admitir que algumas pessoas parecem nem suspeitar disso." E ela riu, ao que parecia, mais de algum gracejo secreto do que das palavras em si.

Irene respondeu: "Você sabe que não está sendo sincera, Clare. Só está tentando me provocar. Sei muito bem que levo a maternidade muito a sério. *Estou* presa aos meus filhos e a minha casa. Não posso evitar. E, realmente, não penso que isso seja risível". Embora ciente da leve afetação presente em suas palavras e atitude, Irene não tinha o poder nem o desejo de ocultá-la.

Clare, de repente muito séria e doce, disse: "Você está

certa. Não é para rir. Que vergonhoso de minha parte provocá-la, Rene. Você é tão boa". Então ela se inclinou, deu uma apertadinha carinhosa na mão de Irene e continuou: "Seja lá o que acontecer, não pense que eu vou esquecer do quão boa você está sendo para mim".

"Bobagem!"

"Ah, mas é verdade, é verdade. Acontece apenas que eu não tenho a devida moral ou senso de dever, como você tem, o que me faz agir dessa forma."

"Agora sim você está falando bobagem."

"Mas é verdade, Rene. Não vê que não me pareço nem um pouco com você? Ora, eu faria qualquer coisa para conseguir o que desejo, magoaria qualquer um, abriria mão de tudo. A verdade, Rene, é que não tenho segurança alguma." Sua voz, bem como a expressão em seu rosto, tinha uma sinceridade cheia de súplica que fez Irene se sentir um pouco desconfortável.

Ela disse: "Eu não acredito nisso. Em primeiro lugar, você está terrivelmente equivocada. E quanto a abrir mão das coisas...". Ela parou, na falta de um termo aceitável para expressar sua opinião sobre a natureza *ambiciosa* de Clare.

Mas Clare Kendry começara a chorar em alto e bom som, sem fazer esforço para se conter, e por nenhuma razão que Irene pudesse descobrir.

# PARTE III

# Final

# I

O ano se encaminhava para o fim. Outubro e novembro haviam passado. Dezembro chegou e trouxe consigo um pouco de neve, depois frio e então o degelo e alguns dias suaves e agradáveis com gosto de primavera.

Essa meia-estação não era nem um pouco natalina, pensava Irene Redfield enquanto dobrava a esquina da Sétima Avenida e entrava na rua de casa. Não lhe agradava um clima morno e ameno quando deveria estar frio e fresco, ou cinza e nublado como se a neve estivesse prestes a cair. O tempo, como as pessoas, devia entrar no clima da estação. As férias estavam quase chegando, e as ruas pelas quais ela havia passado estavam cheias de pequenos riachos de água lamacenta, e o sol era tão quente que as crianças haviam se despido dos chapéus e cachecóis. Tudo estava tão suave quanto possível, como se fosse abril. Um bom clima para a Páscoa, certamente não para o Natal.

De qualquer forma, Irene admitiu, com relutância, que nem ela mesma se sentia envolvida pelo espírito natalino neste ano. Mas era algo que, como o tempo, não se podia evitar. Irene estava cansada e deprimida. E, por mais que tentasse, não conseguia se livrar daquela tristeza enfadonha e indefinida que havia se apoderado dela com tenacidade crescente. O passeio matinal e sem rumo pelas ruas apinhadas do Harlem, muito depois de ela ter encomendado as flores que haviam sido sua desculpa para sair, não passou de um esforço para se afastar dessa tristeza.

Irene subiu os claros degraus de pedra, entrou em casa e foi até a cozinha. Estava à espera de visitas para o chá, mas, depois de trocar algumas palavras com Sadie e Zulena, descobriu que não precisava se preocupar com isso. Ela ficou agradecida. Não queria ser incomodada. Então, subiu as escadas, se despiu e foi para a cama.

Ela pensou: "Que estorvo essas visitas para o chá!".

E pensou: "Se eu pudesse me assegurar de que, no fundo, é apenas o Brasil".

E pensou: "Seja lá o que for, se eu apenas soubesse o que é, poderia lidar com isso".

Era Brian, mais uma vez. Infeliz, inquieto, distante. E ela, que se orgulhava de conhecer os humores dele, suas causas e seus remédios, primeiro achou impensável e então intolerável que aquela inquietação sem fim, tão parecida e ainda assim tão diferente das outras, fosse tão evasiva e incompreensível para ela.

Ele estava inquieto, mas ao mesmo tempo não. Estava descontente, e ainda assim havia vezes em que Irene sentia que ele estava tomado por algum tipo de satisfação intensa e secreta, como um gato que havia roubado comida. Estava irritável com os meninos, especialmente com Junior, pois Ted, que parecia tomar um estranho conhecimento dos períodos mais difíceis do pai, se mantinha fora do caminho sempre que possível. Eles o deixavam furioso, conduzindo-o a explosões violentas, bem diferentes dos comentários sarcásticos usuais que constituíam sua noção de disciplina dos filhos. Por outro lado, Brian estava mais atencioso e moderado com ela que o comum. E fazia semanas que Irene não sentia a lâmina afiada de sua ironia.

Brian se comportava como um homem marcando o tempo, à espera. Mas o que estaria esperando? Era extraordinário que, depois de todos aqueles anos de percepção acurada, Irene houvesse perdido o talento de descobrir o que aquela aparência de espera significava. O que a enchia de mau pressentimento era saber que, apesar da vigilância e do paciente estudo do marido, a razão de seus humores ainda lhe escapava. Essa reserva velada dele parecia injusta, descortês e alarmante para Irene. Era como se ele houvesse dado um passo adiante, indo além do seu alcance, para alguma parte estranha e cercada onde ela não era capaz de chegar.

Irene fechou os olhos, pensando que bênção seria poder dormir um pouco antes que os meninos voltassem da escola. Ela não podia, é claro, embora estivesse tão cansada por causa de todas as noites insones dos últimos tempos. Noites cheias de questionamentos e premonições.

Mas ela dormiu — durante várias horas.

E acordou com Brian sentado ao seu lado na cama, observando-a com uma expressão incompreensível nos olhos.

Ela disse: "Devo ter caído no sono", e viu um fantasma débil daquele velho sorriso debochado passar pelo rosto dele.

"Já são quase quatro horas", disse Brian, o que significava, ela sabia, que estava atrasada mais uma vez.

Ela lutou contra a pergunta que lhe veio aos lábios e disse: "Já vou me levantar. Foi uma gentileza sua pensar em me chamar". E se sentou.

Ele assentiu. "O marido atencioso de sempre, veja só."

"Sim, de fato. Graças a Deus está tudo pronto."

"Só falta você. Ah, Clare está lá embaixo."

"Clare! Que chatice! Eu não a convidei. De propósito."

"Entendo. Um humilde cavalheiro pode perguntar por quê? Ou seria por um motivo sutil e feminino demais para a minha compreensão?"

Um traço do sorriso dele apareceu mais uma vez. Irene, que estava começando a afastar um pouco a depressão diante dos gracejos tão familiares do marido, disse, quase alegre: “Nada disso. Acontece que organizei essa festa para Hugh, e acontece que Hugh não é muito dado a Clare; logo, eu, que por um acaso organizei o encontro, não a convidei. Nada mais simples. Certo?”.

“Certo. Tão simples que eu posso facilmente enxergar além de sua simples explicação e supor que Clare, provavelmente, apenas nunca concedeu a admiração que Hugh considera não mais que devida. É a coisa mais simples do mundo.”

Irene exclamou, divertindo-se: “Ora, pensei que você gostasse de Hugh! Você não pode acreditar em algo tão tolo!”.

“Bem, Hugh pensa que é Deus, você sabe.”

“Não é verdade, absolutamente”, declarou Irene, levantando-se da cama. “Ele se acha muito melhor, como você, que o conhece e já leu os livros dele, deveria ser capaz de adivinhar. Se você levasse em consideração as opiniões que ele tem sobre Deus, não cometeria um erro tão ingênuo.”

Ela foi até o closet pegar as roupas e, voltando, pendurou o vestido no encosto de uma cadeira e largou os sapatos no chão. Então, sentou-se diante da penteadeira.

Brian ficou em silêncio. Ele continuou sentado na cama, não olhando para nada em particular. Não para Irene, era certo. O olhar estava voltado para ela, era verdade, mas nele havia uma certa qualidade que a fez sentir que, naquele momento, ela não passava de uma vidraça para Brian, através da qual ele encarava. Mas o quê? Ela não sabia, não era capaz de adivinhar. E isso lhe causou desconforto, ressentimento.

Ela disse: “Acontece que Hugh prefere mulheres inteligentes”.

Ele se mostrou evidentemente perplexo. “Quer dizer que você acha Clare estúpida?”, perguntou, olhando para ela com as sobrancelhas levantadas, o que enfatizava a descrença em sua voz.

Ela tirou o creme gelado do rosto antes de dizer: "Não, não acho. Ela não é estúpida. É bem inteligente, em um sentido puramente feminino. A França do século XVIII teria sido um lugar maravilhoso para ela, ou o antigo Sul, se Clare não houvesse cometido o erro de ter nascido negra".

"Entendo. Inteligente o suficiente para vestir um corpete apertado e manter os admiradores sussurrando elogios e lhe recuperando um leque caído. Que belo quadro. Concordo, mas vejo algo felino na sua implicação."

"Bem, tudo o que posso dizer é que você interpretou mal. Ninguém admira Clare mais do que eu pelo tipo de inteligência que ela tem, além de suas qualidades de estilo. Mas ela não... ela... Ah, não consigo explicar. Veja Bianca, por exemplo, ou, para nos mantermos na raça, Felise Freeland. Beleza *e* inteligência. Uma inteligência real que se conserva diante de qualquer um. Clare tem um tipo de inteligência útil. Uma inteligência gananciosa, você sabe. Mas ela entedia um homem como Hugh até a morte. Ainda assim, nunca pensei que mesmo Clare pudesse querer participar de uma festa particular para a qual não foi convidada. Mas é bem do feitio dela."

Houve silêncio por um minuto. Ela completou o arco vermelho e brilhante dos lábios cheios. Brian se dirigiu para a porta e colocou a mão na maçaneta. Ele disse: "Sinto muito, Irene. A culpa é toda minha. Ela pareceu tão magoada por ter ficado de fora que afirmei estar certo de que você havia esquecido de convidá-la, e disse a ela que viesse".

Irene gritou: "Mas, Brian, eu..." e parou, impressionada com a raiva violenta que lhe subiu em brasas.

A cabeça de Brian se virou com uma sacudidela, e as sobrancelhas dele se ergueram, demonstrando uma estranha surpresa.

Sua voz, Irene percebeu, *havia* soado estranha. Mas, por instinto, ela sentiu que isso não explicava totalmente a atitude dele, nem aquele discreto endireitar dos ombros. Não seria o mesmo movimento de um homem que se prepara

para receber um golpe? O medo dela era como uma lança escarlate de terror atravessando o coração.

Clare Kendry! Então era isso! Impossível. Não podia ser.

No espelho, Irene viu que Brian ainda a estava observando com aquele ar de espanto. Ela baixou os olhos para os potes em cima da penteadeira e começou a mexer neles com mãos cujos dedos tremiam de leve.

"Tudo bem", disse ela, com cuidado, "fico feliz que a tenha convidado. E apesar de meus comentários ressentidos, Clare contribui para qualquer festa. Ela é muito agradável aos olhos."

Quando Irene voltou a olhar, o espanto havia deixado a expressão de Brian, e a expectativa abandonara seu comportamento.

"Sim", concordou ele. "Bem, vou me apressar. Um de nós deve estar lá embaixo, acho eu."

"Está certo. Um de nós deve estar lá." Irene se surpreendeu por ter falado em seu tom normal, embora com o coração atingido desde que aquele medo sutil e indefinido de repente se transformara em nítido pânico. "Estarei lá embaixo antes que você perceba", prometeu ela.

"Certo." Mas ele ainda permaneceu ali. "Mas você tem razão. Não ficou incomodada por eu tê-la convidado, ficou? Não muito, quero dizer. Agora vejo que eu deveria ter falado com você e confiado que as mulheres têm suas razões para tudo."

Irene olhou para o marido com algum fingimento, conseguiu dar um meio-sorriso e virou o rosto. Clare! Que repugnante!

"Temos mesmo, não é?", disse ela, esforçando-se para manter um tom casual. No íntimo, Irene sentia uma dureza oriunda de sentimentos não ausentes, mas reprimidos. E essa dureza crescia, avolumando-se. Por que ele não ia embora? Por quê?

Por fim, Brian abriu a porta. "Veja se não demora", pediu ele, repreensivo.

Irene balançou a cabeça, incapaz de falar, pois a garganta estava fechada, e a confusão em sua mente era como o bater de asas. Atrás de si, Irene ouviu a gentil batida da porta se fechando atrás do marido e soube que ele havia ido embora. Para encontrar Clare lá embaixo.

Por um longo minuto, ela ficou ali sentada, com o corpo rígido. O rosto no espelho sumiu de vista, apagado por aquela coisa que tão repentinamente atravessara seus pensamentos confusos. Era impossível para ela colocar em palavras ou dar alguma forma para aquilo de imediato, pois, instigada por algum impulso de autoproteção, ela recuou da expressão exata.

Irene fechou os olhos cegos e cerrou os punhos. Tentou não chorar, mas os lábios se apertaram e nenhum esforço foi capaz de conter as lágrimas quentes de raiva e vergonha que desciam por suas bochechas; então, ela apoiou o rosto nos braços e chorou em silêncio.

Quando se assegurou de que o choro havia parado, enxugou as lágrimas mornas que restavam e se levantou. Depois de banhar o rosto inchado em água fria e refrescante, passando com cuidado uma água-de-colônia que fez a pele arder, ela voltou para a frente do espelho e mirou a imagem com seriedade. Satisfeita por não restar nenhuma evidência que pudesse trair seu choro, passou um pouco de pó no pálido rosto escuro e voltou a examiná-lo atentamente com uma espécie de desprezo, ridicularizando-se.

"Penso", confidenciou ela à imagem no espelho, "que você tem sido um pouco — ah, muito — tola."

Lá embaixo, o ritual do chá a ocupou por alguns momentos, o que, decidiu ela, foi uma bênção. Irene não queria ter momentos ociosos, durante os quais os pensamentos voltariam de imediato para aquele horror que ela ainda não conseguira reunir coragem para encarar. Servir chá da forma apropriada e com gentileza era uma tarefa que demandava um tipo de atenção bem equilibrada.

No cômodo ao lado, um relógio soou uma única vez. Cinco e quinze da tarde. Só isso! E ainda assim, naquele curto espaço de meia hora, a vida inteira de Irene havia mudado, perdido a cor, a vivacidade, o inteiro significado. Não, refletiu ela, não foi isso o que acontecera. A vida ao seu redor, aparentemente, continuava a mesma de sempre.

"Ah, sra. Runyon... É tão bom vê-la... Dois?... De verdade?... Que emoção!... Sim, creio que terça-feira está bom..."

Sim, a vida seguia precisamente como antes. Apenas ela havia mudado. Saber daquilo, tropeçar naquilo, havia mudado Irene. Era como se, em uma casa havia muito tempo escura, alguém houvesse acendido um fósforo, revelando formas medonhas onde antes houvera apenas sombras indistintas.

Rumores, rumores, rumores. Alguém fez uma pergunta. Irene ergueu o rosto com o que sentiu ser um sorriso rígido.

"Sim... Brian trouxe no inverno passado, do Haiti. Terrivelmente estranho, não acha?... Mas *é* maravilhoso, ao seu próprio modo horrendo... Quase nada, creio eu. Alguns centavos..."

Horrendo. Um enorme cansaço se abateu sobre Irene. Até o pequeno esforço de servir aquele chá dourado nas xícaras antigas parecia demais para ela, mas continuou servindo. Repetiu o sorriso. Respondeu a perguntas. Elaborou conversas. E pensou: "Eu me sinto como se fosse a pessoa mais velha do mundo com a perspectiva de vida mais longa diante de mim".

"Josephine Baker?... Não, nunca a vi... Bem, ela pode ter participado de *Shuffle Along* quando assisti, mas, se participou, eu não me recordo dela... Ah, mas você se engana!... Acho Ethel Waters excelente..."

Ouvia-se o habitual tilintar das colheres batendo contra as xícaras frágeis, os ligeiros sons de conversas triviais, pontuadas aqui e ali por risadas. Com aquela familiaridade suave que faz de uma festa um sucesso, os convidados se movimentavam em grupos pequenos e irregulares que se desmanchavam e se uniam, atingindo a perfeita nota de desarmonia e desordem no grande salão que Irene havia mobiliado com uma frugalidade quase casta. O pôr do sol lançava sombras alongadas e fantásticas no chão e nas paredes.

Aquele chá era tão parecido com os outros que ela havia organizado e, ao mesmo tempo, tão diferente. Mas ela não devia pensar ainda, haveria tempo suficiente para isso depois. Todo o tempo do mundo. Ela teve um lampejo do que aquelas palavras poderiam pressagiar. Tempo com Brian. Tempo sem Brian. Esse pensamento foi embora, deixando em seu lugar um impulso quase incontrolável de rir, de gritar, de lançar coisas pela sala. De repente, ela sentiu uma vontade de chocar as pessoas, de machucá-las, de fazer com que a notassem, de torná-las cientes de seu sofrimento.

"Olá, Dave... Felise... Suas roupas são o desespero de metade das mulheres do Harlem... Como você consegue?... Adorável, é Worth ou Lanvin?... Ah, um simples Babani..."

"Isso mesmo", assentiu Felise Freeland. "Deixe disso, Irene, seja lá o que for. Você está parecendo o segundo coveiro de Shakespeare."

"Obrigada pelo conselho, Felise. Não estou me sentindo muito bem. Deve ser o tempo."

"Compre um vestido novo e caro, criança. Sempre ajuda. Sempre que a mocinha aqui fica triste, o bolso de Dave fica vazio. Como vão os meninos?"

Os meninos! Por um momento, Irene se esquecera deles.

Irene respondeu que eles iam muito bem. Felise balbuciou algo em resposta, alegrando-se, e disse que precisava se apressar, pois havia percebido que a sra. Bellew estava sozinha, "e eu estou tentando encontrá-la a sós a tarde inteira. Quero convidá-la para uma festa. Ela não está deslumbrante hoje?".

Sim, Clare estava. Irene não se lembrava de já tê-la visto com melhor aparência. Ela usava um vestido cor de canela e extremamente simples, que destacava toda a sua beleza vívida, e um chapéu arredondado e dourado. Ao redor do pescoço, havia um colar de contas âmbar que devia valer seis ou oito vezes mais que as joias de Irene. Sim, ela estava deslumbrante.

O murmúrio das conversas fluía. O fogo crepitava. As sombras se alongavam.

Hugh estava do outro lado da sala. Irene esperava que ele não estivesse aborrecido demais. O homem parecia o de sempre, um pouco distante, um tanto entretido e algo fatigado. E, como de costume, perambulava diante da estante de livros. Mas, notou Irene, ele não estava olhando para o livro que havia pegado. Seus turvos olhos cor de âmbar estavam presos em alguma coisa do outro lado do cômodo. Eles tinham um quê de desdém. Bem, Hugh nunca tinha dado a mínima para Clare Kendry. Irene hesitou por um minuto e então virou a cabeça, embora soubesse o que estava prendendo o olhar de Hugh. Clare, que de uma hora para outra nublara seus dias, e Brian, o pai de Ted e Junior.

O rosto marfim de Clare estava como sempre, belo e adorável. Talvez um pouco misterioso hoje. Enigmático. Inalterado e imperturbável por qualquer emoção interna ou externa. Para Irene, Brian parecia lamentavelmente exposto. Ou será que sempre fora assim? Ele sempre tivera aquele olhar perscrutador meio disfarçado? Estranho, pois agora que não tinha certeza, Irene não podia se lembrar. Então ela o viu sorrindo, e esse sorriso encheu o rosto dele de luz e alegria. Impelida por alguma urgência de lealdade a si mesma, Irene virou o rosto. Mas apenas por um momento. Quando se virou para os dois de novo, ela pensou que, no rosto dele, havia o olhar mais melancólico e ainda assim mais escarnecedor que já tinha visto em Brian.

No quarto de hora seguinte, ela prometeu ir a jantares

que aconteceriam todos na mesma noite e quase no mesmo horário, na casa de Bianca Wentworth, que ficava na rua 62, na casa de Jane Tenant, na Sétima Avenida com a rua 150, e na casa dos Dashields, no Brooklyn.

Ah, mas que importância tinha? Irene não conseguia pensar em nada agora, e tudo o que sentia era uma grande fadiga. Diante de seus olhos cansados, Clare Kendry conversava com Dave Freeland. Trechos de conversa flutuavam até ela, levados pela voz rouca de Clare: "... sempre o admirei... muito sobre você um tempo atrás... todos dizem isso... ninguém, a não ser você...". E mais do mesmo. O homem estava extasiado com as suas palavras, embora fosse o marido de Felise Freeland e autor de romances que revelavam um homem de perspicácia e devastadora ironia. E estava derretido por aquela conversa fiada! E tudo porque Clare tinha um truque de baixar as pálpebras de marfim sobre os olhos pretos estonteantes, para então erguê-las de repente e sorrir daquele jeito encantador. Homens como Dave Freeland se rendiam a esse truque. Brian também.

A letargia física e mental de Irene diminuiu. Brian. O que isso significava? De que forma afetaria ela e os meninos? Os meninos! Ela sentiu uma onda de alívio que baixou e desapareceu, seguida por um sentimento de total insignificância. Na verdade, ela não importava. Para Brian, era apenas a mãe de seus filhos, e isso era tudo. Sozinha, ela não era nada. Ou pior, era um obstáculo.

A fúria cresceu em Irene.

Ouviu-se uma leve batida. No chão, aos seus pés, havia uma xícara despedaçada. Manchas escuras pontilhavam o tapete claro. Espalhavam-se. Os rumores cessaram. Continuaram. Diante dela, Zulena juntava os fragmentos brancos.

Como que distante, a voz contida de Hugh Wentworth a alcançou, embora ele estivesse, Irene sabia, milagrosamente ao seu lado. "Perdão", desculpou-se ele. "Devo ter batido em você. Sou um desajeitado. Não me diga que a louça tem valor inestimável e que é insubstituível."

Doía. Céus! Como doía! Mas ela não podia pensar nisso agora. Não com Hugh ali, sentado, balbuciando desculpas e mentiras. O significado das palavras dele, o poder de sua intuição, despertou nela um senso de cautela. Seu orgulho se rebelou. Maldito Hugh! Algo precisava ser feito. Agora. Irene não podia, ao que parecia, remediar o discernimento dele. Era tarde demais para isso. Mas podia e iria evitar que Hugh soubesse que ela sabia. Ela suportaria tudo, tinha que suportar, pelos meninos. Seu corpo inteiro se retesou. Nesse segundo, Irene percebeu que era capaz de suportar qualquer coisa, mas apenas se ninguém mais soubesse que ela tinha algo para suportar. Doía. Era algo que a amedrontava, mas ela era capaz de suportar.

Irene se voltou para Hugh. Balançou a cabeça e ergueu os olhos pretos e inocentes para os olhos pálidos e preocupados dele. "Ah, não", assegurou ela, "você não bateu em mim. Jure pela sua vida, e eu conto para você o que houve."

"Feito!"

"Chegou a reparar naquela xícara? Bem, você é um sortudo. Era a coisa mais horrenda que os seus ancestrais, os encantadores Confederados, jamais possuíram. Nem sei mais quantos milhares de anos faz desde que o tio-tataravô de Brian a possuía. Mas a xícara tem, ou tinha, uma boa e velha história. Ela foi trazida para o Norte por baixo da terra, como o metrô. Ou, em outras palavras, rotas clandestinas... Como queira. Bem, onde eu gostaria de chegar era no fato de que eu nunca havia descoberto um meio de me livrar dessa xícara até cinco minutos atrás. Tive uma inspiração. Eu apenas precisava quebrá-la e então me livraria dela para sempre. Tão simples! E nunca havia pensado nisso antes."

Hugh assentiu, e seu sorriso indiferente se espalhou pelas feições. Será que ela o havia convencido?

"Ainda assim", continuou Irene, com uma risadinha que, ela tinha certeza, não havia soado nem um pouco forçada, "estou bastante inclinada a aceitar que você assuma a culpa e admita que esbarrou em mim na hora errada. De que servem os amigos, senão para ajudar a carregar nossos pecados? Esteja certo de que Brian ficará ciente de que você foi o culpado."

"Mais chá, Clare?... Não tive um minuto com você ainda... Sim, bela festa... Você ficará para o jantar, eu espero... Ah, que lástima!... Estarei sozinha com os meninos... Eles vão sentir muito... Brian tem uma consulta, ou algo assim... Que belo vestido o seu... Obrigada... Bem, adeus; espero vê-la em breve."

O relógio soou. Um. Dois. Três. Quatro. Cinco. Seis. Seria possível que fazia apenas uma hora desde que ela havia descido para o chá? Uma hora apenas.

"Você tem que ir embora?... Bem... Até logo... Muito obrigada... Foi muito bom vê-la... Sim, quarta-feira... Minhas lembranças para Madge... Sinto muito, estarei ocupada na terça... Ah, é verdade?... Sim... Adeus... Adeus..."

Doía. Doía como o inferno. Mas não importava, se ninguém soubesse. Se tudo continuasse a ser como antes. Se os meninos estivessem seguros.

Doía.

Mas não importava.

# 2

Mas importava, sim. Importava mais que qualquer coisa havia importado antes.

Que amargura lhe causava o fato de que aquele único medo, aquela única incerteza que ela havia sentido, o anseio de Brian de ir para outro lugar, fosse resumido a uma trivialidade infantil! E que, diante disso, tenham diminuído a coragem e a determinação dela, que agora recuava diante das visões e dos perigos que percebia. E para os quais não encontrava remédio nem coragem. Irene tentou desesperadamente afastar a ideia que causara aquela confusão, não encontrando dentro de si poder algum para acalmá-la ou cessá-la, embora quase tenha conseguido.

Pois, raciocinou ela, o que teria havido que pudesse provar que aquelas ideias atormentadoras encontravam, ao menos em parte, alguma razão? Nada. Irene não tinha visto nem ouvido nada. Não possuía fatos nem provas. Estava apenas se afligindo miseravelmente por causa de uma suspeita infundada. O que aconteceu foi que ela procurou e acabou encontrando um grande problema. Nada mais.

Com essa confiança de que não havia nada realmente, ela redobrou os esforços para afastar da mente o pensamento angustiante de confiança quebrada e traição que todas as imagens mentais de Clare e Brian despertavam. Ela não podia nem iria adentrar mais uma vez aquela angústia dilacerante que acabara de deixar para trás.

Irene disse a si mesma que deveria ser justa. Durante toda a vida de casada, nunca tivera a menor deixa para desconfiar de infidelidade por parte do marido, nem sequer algum gracejo mais sério. Se — e ela duvidava disso — ele tinha seus momentos de conduta errática lá fora, isso era algo que Irene desconhecia. Por que começar agora a assumir que ele se comportava assim? E por nada mais concreto que uma ideia que a assaltara quando Brian disse ter convidado uma amiga, e uma amiga dela, para uma festa em sua própria casa. E numa hora em que ela estava, é bem provável, mais dormindo que acordada. Como ela pôde, sem que nada houvesse sido dito ou feito, ou deixado por dizer ou fazer, culpá-lo tão facilmente? Como pôde estar tão pronta para renunciar a toda a confiança no valor de seu casamento?

E se, por um acaso, houvesse algo — bem, o que isso poderia significar? Nada. Havia os meninos. Havia John Bellew. Pensar neles trouxe algum alívio. No entanto, Irene não encarava o futuro. Ela não queria sentir nem pensar em nada; simplesmente acreditar que tudo aquilo era uma tola invenção dela mesma. Ainda assim, não era capaz disso. Não totalmente.

O Natal, com sua irrealidade, agitação e falsa alegria, veio e foi embora. Irene se sentia grata pela inquietação confusa da época. O cansaço, as multidões e as vãs, insinceras e repetidas demonstrações de simpatia se colocaram entre ela e a contemplação de sua crescente infelicidade.

Irene também se sentia grata pela contínua ausência de Clare, que, após a volta de John Bellew de uma longa estadia no Canadá, havia se recolhido àquela outra vida, distante e inacessível. Mas, batendo contra a prisão murada dos pensamentos de Irene, havia a imaginada fantasia de que, embora ausente, Clare Kendry ainda estava presente, por perto.

Brian também havia se recolhido. A casa guardava seu eu exterior e seus pertences. Ele entrava e saía com a irregularidade silenciosa de sempre. Brian se sentava diante dela à mesa. Dormia ao seu lado à noite. Mas estava distante e inacessível. De nada adiantava fingir que ele estava feliz, que as coisas continuavam como sempre. Ele não se sentia assim, as coisas não estavam como sempre. No entanto, garantiu Irene a si mesma, isso não necessariamente tinha a ver com qualquer coisa que envolvesse Clare. Devia ser outra manifestação daquele antigo desejo.

Mas Irene gostaria que fosse primavera. Março, quando Clare estaria de partida, longe de suas vidas. E embora tenha quase chegado a acreditar que não havia nada além de uma boa amizade entre os dois, Irene estava bastante cansada de Clare Kendry. Queria se ver livre dela e de suas idas e vindas furtivas. Se ao menos algo pudesse acontecer, alguma coisa que fizesse John Bellew decidir antecipar a partida, ou que afastasse Clare. Qualquer coisa. Irene não se importava, mesmo que acontecesse de Margery estar doente ou morrendo, ou se John Bellew viesse a descobrir...

Ela deu um suspiro breve e repentino. E por um longo tempo ficou ali sentada, encarando as mãos pousadas no colo. Estranho como ela nunca havia percebido o quão fácil seria tirar Clare de sua vida. Apenas tinha que contar para John Bellew que a esposa... Não. Isso não! Mas e se, de alguma forma, ele ficasse sabendo de todas aquelas visitas ao Harlem... Por que ela deveria hesitar? Por que poupar Clare?

Mas Irene rejeitou a ideia de contar para aquele homem, o marido branco de Clare, qualquer coisa que o levasse a suspeitar que a esposa era negra. Nem seria capaz de comunicar isso a alguém que pudesse contar para ele, fosse por escrito, pelo telefone ou em uma conversa.

Ela se viu presa entre duas lealdades diferentes, mas ao mesmo tempo iguais. Ela mesma e sua raça. A raça!

Aquilo que a aprisionava e sufocava. Fossem quais fossem os passos que decidisse dar, ou se não desse passo algum, algo seria destruído. Uma pessoa ou a raça. Clare, ela mesma ou a raça. Ou, poderia acontecer, todas as três. Não havia nada mais sarcástico, pensou ela.

Sozinha na silenciosa sala de estar, diante da agradável luz do fogo, Irene Redfield desejou, pela primeira vez na vida, não ter nascido negra. Pela primeira vez, ela sofreu e se revoltou por ser incapaz de ignorar o fardo de sua raça. Já era suficiente, ela chorou, em silêncio, sofrer como mulher, como indivíduo, por si mesma, sem ter que sofrer também pela raça. Era uma brutalidade imerecida. Era certo que não havia pessoas tão amaldiçoadas quanto as crianças escuras de Cam.

Contudo, a fraqueza, o medo e a própria incapacidade de compreensão não a impediram de desejar fervorosamente que, fosse qual fosse a maneira, John Bellew descobrisse não que a esposa tinha toques de sangue negro — Irene não queria isso —, mas que Clare andava frequentando o Harlem enquanto ele estava fora da cidade. Apenas isso. Seria o suficiente para se livrar de uma vez por todas de Clare Kendry.

# 3

Como se tivesse o desejo atendido, no dia seguinte, Irene esteve cara a cara com Bellew.

Ela havia ido às compras no centro, na companhia de Felise Freeland. Fazia um dia excepcionalmente frio, com um vento forte que provocara uma vermelhidão empoeirada nas bochechas macias e douradas de Felise, e umedecera os olhos castanho-claros de Irene.

Agarradas uma à outra e curvando a cabeça contra o vento, elas saíram da Quinta Avenida e dobraram a esquina da rua 57. Uma rajada repentina as empurrou com rapidez inesperada, e elas colidiram com um homem.

"Perdão", desculpou-se Irene com um gracejo e olhou para cima, deparando-se com o rosto do marido de Clare Kendry.

"Sra. Redfield!"

Ele tirou o chapéu e estendeu a mão, sorrindo com simpatia.

Mas o sorriso desapareceu repentinamente. Surpresa, incredulidade e — talvez — compreensão cruzaram suas feições.

Ele tinha, Irene sabia, notado Felise, dourada, de cabelo crespo, que ainda estava de braço dado com Irene. Quando Bellew olhou para ela e então para Felise, Irene teve certeza de que aquela expressão em seu rosto era de compreensão. E desagrado.

No entanto, ele não recolheu a mão. Não de imediato.

Mas Irene não aceitou o cumprimento. Como que por instinto, ao primeiro sinal de reconhecimento, o rosto dela se transformou em uma máscara. Agora, ela lançava para Bellew um olhar totalmente incompreensível, um tanto questionador. Vendo que o homem continuava com a mão estendida, Irene deu a ele aquele olhar frio e cheio de julgamento que reservava aos mulherengos e puxou Felise.

Felise disse, numa voz arrastada: "Ahá! Quer dizer que você está 'se passando', hein? Bem, acabei de arruinar os seus planos".

"Receio que sim."

"Ora, Irene Redfield! Vejo que você se importa muito com isso. Sinto muito."

"Sim, eu me importo, mas não pelo motivo que você está pensando. Creio que nunca na vida havia me passado por eles, a não ser por conveniência, em restaurantes, para conseguir entradas para o teatro e coisas do tipo. Quero dizer, nunca fingi socialmente, a não ser uma vez. Você acabou de encontrar a única pessoa que me conheceu disfarçada de mulher branca."

"Sinto muitíssimo. Esteja certa de que seu pecado irá achá-la e tudo o mais. Conte-me tudo."

"Bem que eu gostaria, você se divertiria um bocado. Mas não posso."

Felise soltou uma risada tão lânguida e indiferente quanto seu tom de voz frio. "Será possível que Irene, tão honesta... Ah, veja aquele casaco! Ali. O vermelho. Não é um sonho?"

Irene pensava: "Tive minha chance e não aproveitei. Eu tinha apenas que ter falado com ele e apresentado Felise, comentando casualmente que Bellew era marido de Clare. Só isso. Tola. Tola". Aquela lealdade instintiva à raça. Por que não conseguia se livrar dela? E por que protegia Clare, que havia demonstrado tão pouca consideração por ela e pelos seus? O que Irene sentia não era tanto um ressentimento, mas um leve desalento por não ser capaz de mudar a esse respeito, por não ser capaz de separar indivíduos da raça, nem a si mesma de Clare.

"Vamos para casa, Felise. Estou caindo de cansaço."

"Ora, não fizemos metade das coisas que planejamos."

"Eu sei, mas está muito frio para bater perna pela cidade inteira. Fique, se quiser."

"Se não se importa, farei isso."

E agora, outro problema confrontava Irene. Ela tinha que contar para Clare sobre aquele encontro. Alertá-la. Mas como? Irene não a via fazia dias. Escrever ou telefonar seria igualmente perigoso. E ainda que fosse possível entrar em contato com ela, que bem isso faria? Se Bellew não houvesse concluído que cometera um erro, se estivesse seguro da identidade dela — e ele não era nenhum tolo —, contar para Clare não evitaria as consequências do encontro. Além disso, era tarde demais. Clare Kendry já teria sido atingida por qualquer coisa que estivesse à sua espera.

Irene estava ciente de um sentimento de alívio e gratidão diante da ideia de possivelmente ter se livrado de Clare, e sem ter levantado um dedo nem pronunciado uma palavra.

Mas ela pretendia contar a Brian sobre o encontro com John Bellew.

Isso parecia impossível, porém. Estranho. Algo a impedia. Cada vez que estava prestes a dizer: "Esbarrei com o marido de Clare no centro hoje. Estou certa de que ele me reconheceu, e Felise estava comigo", ela falhava. Soava demais com o alerta que ela queria que fosse. Nem mesmo durante o jantar, na presença dos meninos, ela pôde fazer essa simples declaração.

A noite se arrastou. Por fim, ela desejou boa-noite ao marido e subiu as escadas sem dizer nada.

Irene pensou: "Por que não contei a ele? Por quê? Se

algum problema acontecer por causa disso, jamais me perdoarei. Vou contar quando ele subir".

Ela pegou um livro, mas não conseguiu ler, tamanho o pressentimento indescritível que a oprimia.

E se Bellew se divorciasse de Clare? Ele poderia fazê-lo? Havia o caso dos Rhinelander.* Mas na França, em Paris, essas coisas eram muito fáceis. Se Bellew se divorciasse dela... Se Clare se visse livre... Mas, entre todas as coisas que poderiam acontecer, essa era a que Irene menos desejava. Ela devia manter a cabeça longe dessa possibilidade. Tinha que fazer isso.

Em seguida, ela foi atingida por um pensamento que tentou afastar. E se Clare morresse?! Então... Ah, que vil de sua parte pensar, sim, desejar isso! Irene se sentiu fraca e enjoada, mas o pensamento permaneceu consigo. Não conseguia se livrar dele.

Ela ouviu a porta da rua abrir e fechar. Brian havia saído. Irene afundou o rosto no travesseiro para chorar, mas as lágrimas não vieram.

Ela ficou ali, acordada, pensando em acontecimentos passados. No namoro, no casamento e no nascimento de Junior. Na época em que eles compraram a casa na qual viveram por tanto tempo e foram tão felizes. Na época em que Ted vencera a crise de pneumonia e eles souberam que ele viveria. E outras memórias doces e dolorosas de coisas que jamais voltariam a acontecer.

Acima de tudo, ela desejara manter sua agradável rotina imperturbável, e lutara por isso. E agora Clare Kendry

* O divórcio de Leonard Rhinelander e Alice Jones, em 1925, sensibilizou a opinião pública americana. Depois de um ano juntos, Leonard, um homem branco de família rica, cedeu à pressão social e familiar e pediu a anulação do casamento com Alice, filha de um casal birracial de operários imigrantes ingleses, alegando que esta o havia enganado, passando-se por uma mulher branca. (N. T.)

havia entrado em sua vida, trazendo com ela uma ameaça de inconstância.

"Meu bom Deus", rogou ela, "faça março chegar logo."

Aos poucos, ela adormeceu.

# 4

A manhã seguinte trouxe consigo uma tempestade de neve que durou o dia inteiro.

Depois do café da manhã, que se passou quase em silêncio e que ela ficou aliviada por terminar, Irene Redfield se demorou um momento no hall, olhando os flocos de neve macios que flutuavam e preenchiam de imediato algumas lacunas disformes deixadas pelos pés de pedestres apressados, quando Zulena veio e disse: "Telefonema, sra. Redfield. É a sra. Bellew".

"Anote o recado, Zulena, por favor."

Embora continuasse olhando pela janela, Irene não via mais nada agora, sentindo-se transpassada pelo medo — e pela esperança. Será que alguma coisa havia se passado entre Clare e Bellew? E, se sim, o que teria sido? Ela se veria livre, de uma vez por todas, daquela dolorosa ansiedade que sentira nas últimas semanas? Ou algo mais grave viria? Houve um momento de conflito consigo mesma, durante o qual lhe pareceu que deveria sair correndo atrás de Zulena e ouvir ela mesma o que Clare tinha a dizer. Mas ela aguardou.

Quando voltou, Zulena disse: "Ela falou, madame, que poderá ir até a casa da sra. Freeland hoje à noite. Estará aqui entre as oito e as nove".

"Obrigada, Zulena."

O dia se arrastou até seu fim.

No jantar, Brian falou com amargura de um linchamento sobre o qual havia lido no jornal vespertino.

"Pai, por que eles só lincham pessoas de cor?", perguntou Ted.

"Porque eles as odeiam, filho."

"Brian!", a exclamação de Irene foi um apelo e uma censura.

Ted disse: "Ah! E por que as odeiam?".

"Porque têm medo delas."

"Mas por que sentem medo delas?"

"Porque..."

"Brian!"

"Me parece, filho, que esse é um assunto sobre o qual não podemos conversar agora sem inflamar as mulheres da família", disse ele ao menino, com uma seriedade debochada, "mas podemos voltar a falar sobre isso quando estivermos sozinhos."

Ted assentiu, à sua maneia séria e simpática. "Entendi. Talvez possamos conversar amanhã, no caminho para a escola."

"Isso mesmo."

"Brian!"

"Mãe", observou Junior, "é a terceira vez que você diz 'Brian' desse jeito."

"E não será a última, Junior, não se preocupe", o pai disse a ele.

Quando os meninos subiram para seus aposentos, Irene disse, com suavidade: "Brian, eu gostaria que você não falasse sobre linchamentos na frente de Ted e Junior. Foi indesculpável você levantar um assunto como esse no jantar. Eles terão muito tempo para aprender sobre coisas horríveis desse tipo quando ficarem mais velhos."

"Você está totalmente equivocada! Se, como você está tão determinada a fazer, eles continuarem vivendo neste maldito país, é melhor que saibam o quanto antes sobre as coisas que terão que enfrentar. Quanto mais cedo aprenderem, mais preparados estarão."

"Não concordo. Quero que eles tenham uma infância feliz e tão livre dessas coisas quanto possível."

"É muito louvável", foi a resposta sarcástica de Brian. "Muito louvável mesmo, considerando todas as circunstâncias. Mas é possível?"

"Estou certa de que é, se você fizer a sua parte."

"Bobagem! Você sabe tanto quanto eu, Irene, que não posso. De que adiantaram nossas tentativas de evitar que eles soubessem o significado da palavra 'preto' e sua conotação? Eles descobriram, não foi? E como? Porque alguém chamou Junior de preto sujo."

"Também não acho que você deva conversar com eles sobre a questão racial. Não admito isso."

Eles trocaram olhares.

"Devo dizer, Irene, que eles têm que aprender sobre essas coisas, e é melhor que seja agora."

"Não, eles não têm que aprender!", insistiu ela, segurando as lágrimas de raiva que ameaçavam cair.

Brian resmungou: "Não consigo entender como alguém tão inteligente quanto você gosta de pensar que é pode ser capaz de demonstrar tamanha estupidez". Ele lançou para Irene um olhar perturbado e perplexo.

"Estupidez!", gritou ela. "É estúpido querer que meus filhos sejam felizes?" Seus lábios tremiam.

"Sim, se for às custas de uma preparação apropriada para a vida e para a futura felicidade deles. E eu sinto que não estaria cumprindo meu dever como pai se não desse alguma ideia do que os espera pela frente. É o mínimo que posso fazer. Eu quis tirá-los deste lugar infernal anos atrás. Você não permitiu. Desisti da ideia porque você fez objeções. Não espere que eu desista de tudo."

Sob o golpe das palavras dele, Irene ficou em silêncio. Antes que qualquer resposta pudesse lhe ocorrer, Brian virou as costas e deixou o cômodo.

Sentada sozinha na sala de jantar vazia, torcendo as mãos pousadas no colo sem se dar conta, Irene começou a tremer convulsivamente. Pois ela sentiu que havia um mau agouro na cena que acabara de ter com o marido. As últimas palavras dele se repetiam sem cessar em sua cabeça: "Não espere que eu desista de tudo". O que significavam? A que se referiam? Clare Kendry?

Sem dúvida, Irene estava enlouquecendo de medo e desconfiança. Mas não, ela não se exaltaria! Onde estava todo aquele autocontrole e bom senso de que tanto se orgulhava? Ela precisava disso agora, mais do que nunca.

Clare logo chegaria. Irene deveria se apressar ou se atrasaria mais uma vez, e aqueles dois ficariam à sua espera lá embaixo, como fizeram tantas vezes desde a primeira ocasião, que agora parecia tão distante. Realmente havia acontecido no último outubro? Ora, Irene sentia que haviam se passado anos, e não meses.

Triste, Irene se levantou da cadeira e subiu as escadas para se vestir e sair, quando o que desejava era ficar em casa. Durante o processo, ela se perguntou pela centésima vez por que não havia contado a Brian sobre o encontro dela e de Felise com Bellew no dia anterior, e pela centésima vez evitou reconhecer o real motivo de ter guardado a informação.

Quando Clare chegou, radiante em um vestido vermelho e brilhoso, Irene não havia terminado de se vestir. Mas seu sorriso mal vacilou enquanto cumprimentava a outra, dizendo: "Parece que sou muito sossegada, não acha? Sempre atrasada. Não esperávamos que você pudesse vir. Felise vai ficar feliz. Você está muito bonita".

Clare beijou um de seus ombros nus, parecendo não notar que Irene tremia um pouco.

"Nem eu mesma fazia ideia se conseguiria vir; mas Jack precisou ir às pressas para a Filadélfia. Então, aqui estou."

Irene levantou os olhos, os lábios transbordando palavras. "Filadélfia. Não é tão longe, certo? Clare, eu...?"

Ela se deteve. Uma das mãos agarrava a lateral do banco em que estava sentada, e a outra estava fechada sobre a penteadeira. Por que ela não se adiantava e contava para Clare sobre o encontro com Bellew? Por que não conseguia?

Mas Clare não notou a frase inacabada. Ela riu e disse, com suavidade: "A meu ver, qualquer lugar onde ele esteja, desde que distante de mim, é longe o suficiente. Não sou exigente".

Irene esfregou os olhos para afastar a expressão acusatória que via no espelho diante de si. No fundo de seus pensamentos, ela se perguntou quanto tempo havia ficado daquela forma, cansada, abatida e... sim, amedrontada. Ou seria apenas imaginação?

"Clare, você já pensou seriamente no que aconteceria se ele descobrisse seu segredo?", perguntou Irene.

"Sim."

"Ah, já! E pensou o que você faria?"

"Sim." E, ao dizer isso, Clare Kendry sorriu brevemente, um sorriso que se mostrou e desapareceu como um clarão, deixando intocada a seriedade em seu rosto.

Aquele sorriso e a firme resolução daquela única palavra — "sim" — encheram Irene de um medo primitivo e paralisante. Suas mãos formigavam, os pés estavam frios como gelo e o coração pesava como uma pedra. Até a língua parecia um peso morto. Houve longas pausas entre as palavras quando ela perguntou: "E o que você faria?".

Clare, afundada em uma poltrona e com o olhar distante, parecia envolvida em alguma reflexão agradável e impenetrável. Para Irene, sentada ereta e cheia de expectativas, um tempo interminável se passou antes que Clare voltasse ao presente e respondesse, com calma: "Eu faria aquilo que mais desejo no momento. Viria morar aqui. No Harlem, quero dizer. Então, eu poderia viver ao meu bel-prazer".

Irene se inclinou para a frente, fria e tensa. "E Margery?" Sua voz foi um sussurro fraco.

"Margery?", repetiu Clare, passeando os olhos pela expressão preocupada de Irene. "É o que me impede, Rene. Se não fosse por ela, eu faria isso. Ela é tudo o que me detém. Mas se Jack descobrisse, se nosso casamento acabasse, eu me veria livre, não acha?"

O resignado tom gentil e o ar de candura inocente pareceram falsos à ouvinte. Irene foi tomada por uma convicção de que aquelas palavras foram ditas como um alerta. Ela se lembrou de que Clare Kendry parecia sempre saber o que as outras pessoas estavam pensando. Seus lábios comprimidos ficaram mais firmes e obstinados. Bem, dessa vez, ela não saberia.

Irene disse: "Desça para trocar uma palavrinha com Brian. Ele está muito nervoso hoje".

Embora ela estivesse determinada a não deixar Clare entrar em seus pensamentos nem descobrir seus medos, as palavras brotaram inesperadamente dos lábios de Irene. Foi como se elas houvessem saído de alguma camada externa de frieza que não tinha relação com seu coração atormentado. Mas foram, ela percebeu, as palavras certas para o seu propósito.

Pois, enquanto Clare se levantava e saía do quarto, Irene se deu conta de que aquele arranjo era tão bom quanto o plano inicial de mantê-la ali em cima esperando enquanto se vestia — ou melhor. Clare apenas a teria aborrecido e atrapalhado. E que mal havia se os dois passassem sozinhos uma hora, ou várias horas, agora que todo o resto já havia acontecido entre eles?

Ah! Foi a primeira vez que Irene se permitiu admitir isso a si mesma, sem se forçar a acreditar e a ter esperança de que nada irremediável havia sido consumado! Bem, aconteceu. Ela sabia, e soube que sabia.

Irene ficou surpresa de, ao ter o pensamento e conceber o fato, não ficar mais magoada nem mais preocupada do que antes, quando fez esforços frenéticos para evitá-lo. E a ausência daquela dor aguda e insuportável pareceu injusta, como se houvesse sido negado a ela algum consolo inestimável para aquele sofrimento que a total consciência das coisas deveria lhe conceder.

Seria possível que ela houvesse suportado toda a tormenta, humilhação e medo que uma mulher era capaz de suportar? Ou ela não era capaz de suportar o ápice do sofrimento? "Não, não!", negou Irene, com ferocidade. "Sou humana, como todos os outros. Acontece que estou tão cansada, tão exausta, que não posso sentir mais nada." Mas ela não acreditava nisso de verdade.

Segurança. Seria apenas uma palavra? Se não, seria algo que se podia alcançar apenas com o sacrifício de outras coisas, felicidade, amor ou algum grande êxito que ela nunca conhecera? E tanto esforço, tanta fé na segurança e na estabilidade privavam alguém dessas outras coisas?

Ela não sabia, não conseguia decidir, embora tenha passado muito tempo questionando e tentando entender. Ainda assim, apesar das buscas e do sentimento de frustração, Irene estava ciente de que, para ela, segurança era a coisa mais importante e desejada da vida. E não mudaria isso por ninguém. Ela só queria estar tranquila. E, sem ser molestada, guiar da melhor forma a vida dos filhos e do marido.

Agora que estava aliviada daquilo que era quase uma consciência culpada, ao admitir por algum sexto sentido que sabia de tudo havia muito tempo, Irene podia seguir adiante com seus planos. Podia voltar a pensar em maneiras de manter Brian ao seu lado, em Nova York, pois ela não iria para o Brasil. Pertencia àquela terra de arranha-céus. Era estadunidense. Brotou daquele chão e não seria arrancada dele. Não por Clare Kendry, nem por cem Clares Kendry.

Brian também pertencia àquele lugar. E tinha um compromisso com ela e com os filhos.

Estranho como agora ela não podia ter certeza de haver realmente conhecido o amor. Nem mesmo ao lado de

Brian. Ele era seu marido e pai de seus filhos. Mas era algo mais? Irene alguma vez quis ou tentou algo mais? Naquele momento, ela pensava que não.

Mas ela queria mantê-lo. Os lábios recém-maquiados se estreitaram, formando uma linha reta e fina. Verdade, ela havia deixado de tentar acreditar que ele e Clare se amavam e ainda assim não se amavam, mas pretendia se agarrar às aparências do casamento para conservar a vida estável e segura. Trazida para a beira de uma realidade repugnante, sua natureza meticulosa não recuou. Era melhor, muito melhor, compartilhá-lo do que perdê-lo por completo. Ah, se fosse preciso, ela poderia fechar os olhos. Ela poderia suportar. Era capaz de suportar qualquer coisa. E março estava chegando. Março e a partida de Clare.

Para Irene, ficou terrivelmente clara a razão do instinto de guardar para si — ou melhor, omitir — o encontro com Bellew. Se Clare fosse libertada, qualquer coisa poderia acontecer.

Irene parou de se arrumar, percebendo com perfeita clareza a verdade sombria sobre Clare Kendry que havia vislumbrado naquela primeira tarde em outubro, e sobre a qual a própria Clare uma vez lhe alertara — que ela conseguia as coisas que desejava porque encarava a última consequência de suas conquistas: o sacrifício. Se Clare quisesse Brian, ela não se importaria com sua posição ou falta de dinheiro. Como ela mesma dissera, apenas Margery a impedia de largar tudo. E se as coisas fossem tiradas de suas mãos... Mesmo se ela estivesse apenas apreensiva, se apenas suspeitasse de que algo do tipo estava prestes a ocorrer, qualquer coisa poderia acontecer. Qualquer coisa.

Não! A qualquer custo, Clare não ficaria sabendo daquele encontro com Bellew. Brian tampouco. Isso apenas enfraqueceria seu poder de mantê-lo.

Eles não saberiam por Irene que Bellew estava a meio caminho de suspeitar da verdade sobre a esposa. E ela faria qualquer coisa, arriscaria tudo, para evitar que ele descobrisse essa verdade. Que sorte a sua ter obedecido ao instinto e não ter demonstrado que reconheceu Bellew!

"Já subiu até o sexto andar, Clare?", perguntou Brian enquanto estacionava, saindo do carro e abrindo a porta para elas.

"Ora, é claro! Nós moramos no décimo sétimo."

"Com suas próprias pernas, quero dizer."

"Essa é boa!", riu Clare. "Pergunte a Rene. Meu pai era zelador, você sabe, nos bons e velhos tempos, antes de haver elevador em qualquer espelunca. Mas você não pode estar querendo dizer que teremos que subir as escadas! Não aqui!"

"Sim, aqui. E Felise mora no último andar", disse Irene.

"Céus! Por quê?"

"Segundo ela, é uma forma de desencorajar visitas inesperadas."

"Talvez ela esteja certa, embora deva ser difícil para Felise."

Brian disse: "Sim, um pouco. Mas ela diz que prefere estar morta a entediada."

"Ah, um jardim! Que adorável, com esta neve intocada!"

"Não é? Mas veja por onde anda com este seu sapatinho. Você também, Irene."

Irene andava ao lado deles no caminho cimentado que rompia a brancura do jardim. Ela sentia uma coisa no ar, alguma coisa que havia acontecido entre aqueles dois e voltaria a acontecer. Era como algo vivo a pressionando. Numa olhada furtiva, viu Clare pegar o outro braço de Brian. Clare olhava para ele com aquele olhar ardiloso e sedutor, e os olhos de Brian estavam cravados no rosto dela com uma expressão que, para Irene, parecia de ávido desejo.

"Creio que aqui seja a entrada", disse Irene, em tom casual.

"Cuidado para não desfalecer antes do quarto andar. Eles se recusam a carregar alguém por mais de dois lances de escada", disse Brian para Clare.

"Não seja bobo!", disse Irene, ríspida.

A festa começou animada.

Dave Freeland estava em um de seus melhores dias, brilhante, cristalino e cheio de vivacidade. Felise também estava ótima, não tão sarcástica quanto de costume, pois lhe agradavam os cerca de doze convidados que se espalhavam por sua sala de estar longa e desordenada. Brian se mostrava espirituoso, notou Irene, fazendo comentários um tanto mais espinhosos que de costume, mesmo para ele. E havia Ralph Hazelton, com uma conversa despropositada e brilhante que os demais, inclusive Clare, captavam e replicavam com novos adornos.

Apenas Irene não estava feliz, sentada sem dizer quase nada, sorrindo aqui e ali para aparentar que estava se divertindo.

"Qual o problema, Irene?", alguém perguntou. "Fez um voto de nunca rir ou algo do tipo? Você está séria como um juiz."

"Não. É só que vocês são tão inteligentes que eu fico sem palavras, maravilhada."

"Não admira", comentou Dave Freeland, "que você esteja à beira das lágrimas. Você não bebeu nada. Qual é a sua pedida?"

"Obrigada. Eu beberia um copo de ginger ale com três gotas de uísque. Sirva o uísque primeiro, por favor. Depois o gelo, e então o ginger ale."

"Céus! Dave, querido, não se atreva a fazer esse drinque. Chame o mordomo", gracejou Felise.

"Sim, faça isso. Chame o criado também." Irene riu

um pouco e disse: “Está terrivelmente quente aqui. Se importam se eu abrir esta janela?”. Com isso, ela abriu uma das janelas altas que tanto orgulhavam os Freeland.

Fazia duas ou três horas que a neve cessara. A lua estava começando a subir e algumas estrelas distantes despontavam atrás dos prédios altos. Irene terminou de fumar um cigarro e o jogou pela janela, vendo a minúscula brasa cair lentamente até o chão branco lá embaixo.

Alguém havia ligado o fonógrafo. Ou era o rádio? Ela não sabia o que a desagradava mais. E não havia ninguém ouvindo aquele escarcéu. As conversas e risadas não cessaram por um minuto. Por que tinha que haver mais barulho?

Dave chegou com a bebida e disse: “Você não deveria ficar aí desse jeito. Vai se resfriar. Venha e converse comigo, ou apenas me ouça falar bobagens”. Pegando-a pelo braço, ele a conduziu pela sala. Eles haviam acabado de encontrar lugares quando a campainha tocou, então Felise pediu que ele atendesse a porta.

No momento seguinte, Irene ouviu a voz de Dave no hall, despreocupada e polida: “Sua esposa? Perdão. Receio que tenha se enganado. Talvez no apartamento ao...”.

Então, o rugido de John Bellew se sobrepôs a todos os outros ruídos da sala: “Eu *não* estou enganado! Estive na residência dos Redfield e sei que minha esposa está com eles. Saia do meu caminho se quiser evitar problemas”.

“O que está acontecendo, Dave?” Felise correu até a porta.

Brian foi atrás dela. Irene o ouviu dizendo: “Sou o sr. Redfield. Qual diabos é o seu problema?”.

Mas Bellew não lhe deu atenção, empurrando todos eles e andando a passos largos na direção de Clare. Todos os olhares estavam voltados para ela quando se levantou, recuando diante da aproximação dele.

“Então você é uma preta, uma maldita preta imunda!” A voz foi um rosnado e um gemido, uma expressão de raiva e dor.

Formou-se uma confusão. Os homens se adiantaram. De um salto, Felise se colocou entre eles e Bellew, dizendo, rápido: "Cuidado. Você é o único branco aqui". A frieza convincente de sua voz foi um alerta, bem como suas palavras.

Clare estava perto da janela, composta como se todos ali não estivessem olhando para ela com curiosidade e espanto, como se toda a estrutura de sua vida não estivesse se desfazendo diante de si. Ela parecia alheia ou indiferente a qualquer perigo. Havia até mesmo um delicado sorriso em seus lábios cheios e vermelhos, e em seus olhos brilhantes.

Foi esse sorriso que enlouqueceu Irene. Ela atravessou a sala correndo, sentindo terror misturado com ferocidade, e colocou a mão no braço nu de Clare. Um pensamento a possuía. Clare Kendry não podia ser dispensada por Bellew. Irene não podia vê-la livre.

John Bellew estava diante delas, agora calado em sua mágoa e fúria. Além deles, havia a pequena multidão de pessoas, e Brian se adiantou, saindo do meio delas.

O que aconteceu a seguir, Irene Redfield jamais se permitiu lembrar mais tarde. Não claramente.

Em um instante, Clare estivera ali, radiante e cheia de vida, como uma chama vermelha e dourada. No instante seguinte, não estava mais lá.

Houve um arquejo de horror, e acima dele um som quase inumano, como o de um animal ferido. "Pretinha! Meu Deus! Pretinha!"

Um frenesi de pés apressados descendo lances de escada. Portas batendo à distância. Vozes.

Irene ficou para trás. Ela se sentou e permaneceu imóvel, encarando uma ridícula gravura japonesa pendurada na parede do outro lado da sala.

Foi-se! O rosto alvo e suave, os cabelos brilhantes, a perturbadora boca escarlate, os olhos sonhadores, o sorriso acalentador, todo aquele encanto torturante que havia sido Clare Kendry. A beleza que havia desfeito a vida serena de Irene. Foi-se! A ousadia debochada, a pose galante, os sinos tilintantes de sua risada.

Irene não sentia pesar. Ela estava maravilhada, quase incrédula.

O que os outros pensariam? Que Clare havia caído? Que havia se jogado de propósito? Com certeza, uma ou outra. Não...

Mas, Irene advertiu a si mesma, ela não deveria pensar nisso. Estava cansada demais, chocada demais. E, de fato, as duas alternativas eram verdadeiras. Ela estava totalmente exausta e espantada. Mas os pensamentos não cessavam. Se ao menos fosse capaz de se ver tão livre do furor mental quanto estava do vigor físico, se conseguisse tirar da memória a visão de sua mão no braço de Clare!

"Foi um terrível acidente", murmurou ela, furiosa. "Um *acidente*."

Pessoas subiam as escadas. Pela porta ainda aberta, os passos e a conversa soavam cada vez mais próximos.

Irene se levantou de um salto, dirigiu-se em silêncio até o quarto e fechou a porta suavemente atrás de si.

Seus pensamentos dispararam. Ela devia ter ficado? Devia voltar e se juntar a eles? Mas haveria perguntas. Irene não havia pensado nelas, no depois, em tudo aquilo. Não pensara em nada naquela agitação repentina.

Fazia frio. Arrepios gelados subiam por suas costas, espalhando-se pela nuca e pelos ombros descobertos.

Havia vozes no outro cômodo. A voz de Dave Freeland, e outras que ela não reconheceu.

Seria bom vestir o casaco? Felise havia descido às pressas sem proteção alguma, assim como os demais. E Brian. Brian! Ele não podia se resfriar. Irene pegou o casaco dele e dispensou o seu. Ela se deteve na porta, tentando escutar, amedrontada. Não ouviu nada. Nenhuma voz. Nada de passos. Irene abriu a porta lentamente. A sala estava vazia. Ela saiu do quarto.

Vindo do hall lá embaixo, ela ouviu um som vago de pés descendo as escadas, uma porta abrindo e fechando e vozes distantes.

Irene desceu e desceu com o sobretudo de Brian, que estava pendurado em seus braços vacilantes e se arrastava pelos degraus atrás dela.

O que diria a eles, quando por fim vencesse aquelas escadas intermináveis? Ela devia ter se apressado e saído do apartamento junto com os outros. Que motivo poderia dar para ter ficado para trás? Nem ela mesma sabia por que o fizera. E o que mais perguntariam? Sua mão estivera estendida na direção de Clare. E quanto a isso?

Em meio aos devaneios e questionamentos, veio um pensamento tão horrível, tão assombroso, que ela precisou se agarrar ao corrimão para não cair escada abaixo. Seu corpo tremia e suava frio. A respiração era curta, com arfadas cortantes e dolorosas.

E se Clare não estivesse morta?

Irene se sentiu enjoada, tanto diante da ideia de ver aquele glorioso corpo mutilado quanto pelo medo que sentia.

Ela nunca soube como foi capaz de percorrer o restante do caminho sem desmaiar. Mas, por fim, estava lá embaixo. Ao pé da escada, encontrou os demais cercados por um pequeno grupo de estranhos. Todos falavam aos sussurros ou num tom baixo, discreto e amedrontado diante daquele desastre. Num primeiro momento, ela sentiu o impulso de se virar e subir as escadas correndo. Então, um calmo desespero a acometeu. Ela se preparou física e mentalmente.

"Irene veio", anunciou Dave Freeland, e lhe disse que, quando eles deram falta dela, concluíram que havia desmaiado ou algo assim, e que já estavam subindo para descobrir o que havia acontecido. Felise, ela viu, estava de braços dados com ele. Toda aquela indiferença insolente havia sumido, e o marrom dourado de seu belo rosto ganhara uma cor malva e estranha.

Irene não demonstrou de nenhuma forma ter ouvido Freeland, indo direto na direção de Brian. Seu rosto parecia envelhecido e perturbado, os lábios estavam roxos e tremiam. Ela sentiu um enorme desejo de confortá-lo, de afastar seu sofrimento e horror. Mas Irene estava impotente, havia perdido totalmente o controle dos pensamentos e sentimentos.

Ela balbuciou: "Ela está... ela está...?".

Foi Felise quem respondeu. "Por um instante, foi o que pensamos."

Irene lutou contra o soluço de gratidão que subiu pela garganta, engolindo-o e soltando o que parecia o choramingo de uma criança. Em um gesto consolador, alguém colocou a mão em seu ombro. Brian a envolveu com o casaco dele. Desesperada, Irene começou a chorar, o corpo inteiro tremendo com soluços convulsivos. Brian fez uma discreta e superficial tentativa de confortá-la.

"Calma, Irene, calma. Não fique assim, você só vai adoecer. Ela..." Sua voz falhou de repente.

Como se a uma longa distância, ela ouviu a voz de Ralph Hazelton dizendo: "Eu estava olhando direto para Clare. Ela se desequilibrou, e havia sumido antes que se pudesse dizer 'Jack Robinson'. Acho que ela desmaiou. Deus! Foi rápido. A coisa mais rápida que já vi na minha vida".

"É impossível, eu afirmo! Absolutamente impossível!"

Foi Brian quem falou naquele tom rouco e frenético que Irene nunca ouvira antes. Seus joelhos vacilaram.

Dave Freeland disse: "Espere um minuto, Brian. Irene estava bem ali, ao lado de Clare. Vamos ouvir o que ela tem a dizer".

Por um momento, Irene sentiu um medo covarde. "Ah, Deus", rogou ela, em pensamento, "me ajude."

Um estranho se dirigiu a ela num tom formal e autoritário. "Tem certeza de que ela caiu? O marido dela não lhe deu um empurrão ou algo do tipo, como o dr. Redfield está inclinado a pensar?"

Pela primeira vez, ela se deu conta de que Bellew não estava entre o pequeno grupo que tremia no corredor. O que isso significava? Quando começou a elaborar a resposta na mente anestesiada, Irene foi tomada por outro tremor horrendo. Não podia ser! Ah, não podia ser!

"Não, não!", protestou ela. "Estou certa de que ele não fez isso. Eu também estava lá. Tão perto de Clare quanto ele. Ela apenas caiu, antes que qualquer um pudesse segurá-la. Eu..."

Seus joelhos fracos cederam. Irene gemeu e desabou, gemendo mais uma vez. Através do grande peso que a puxava para baixo e afogava, Irene estava vagamente consciente de que braços fortes a levantavam. Então, tudo escureceu.

Séculos depois, ela ouviu o estranho dizendo: "Morte por acidente, estou inclinado a acreditar. Vamos subir e dar outra olhada naquela janela".

Posfácio

# Identidade e raça em *De passagem*[1]

RUAN NUNES SILVA

No prefácio de seu livro de crítica literária *Playing in the Dark*, Toni Morrison se posiciona como uma escritora negra procurando e lutando com (e através de) uma língua que evoca e reforça sinais de superioridade racial, hegemonia cultural e um processo de outremização.[2] Como autora consciente de quão regido por questões de raça e gênero seu mundo é, Morrison cria narrativas que exploram como a língua se torna um elemento que reifica posições ideológicas. Não por acaso o único conto escrito por Morrison, "Recitatif", evidencia essa preocupação através do apagamento da cor da pele de suas personagens, demonstrando como a construção de raça se dá cultural e não biologicamente.

O conto narra de maneira fragmentada cinco encontros entre Twyla e Roberta, desde a infância até a maturidade, suspendendo toda oportunidade de identificar uma ou a outra como branca ou negra, pois qualquer posição tomada pelo leitor acaba não se sustentando durante os cinco encontros. O que o conto explicita, sob uma perspectiva literária, é a questão da identidade como ponto central para o sujeito na contemporaneidade. Seria a identidade algo inato ou construído? Existem traços inerentes a um grupo específico ou somos objetos de relações constantemente negociadas com e entre culturas?

Quando Stuart Hall afirma que a crise identitária na modernidade tardia é parte de um processo amplo que abala estruturas e compreensões do sujeito, sinaliza que a própria noção de identidade como algo inato e pleno não se sustenta, dada a fragmentação das paisagens culturais que trazem à tona questões de gênero, sexualidade, raça, nacionalidade etc. Segundo o teórico, a compreensão da identidade como "unificada, completa, segura e coerente é uma fantasia".[3] Portanto, a identidade não só se desdobra em níveis culturais, sociopolíticos e históricos, mas também é compreendida como algo formado através de processos inconscientes.

Ainda segundo Hall, pode-se falar da identidade como um processo de identificação a partir do qual os "vazios" no sujeito são preenchidos nas interações com o mundo exterior: "A identidade surge não tanto da plenitude da identidade que já está dentro de nós como indivíduos, mas de uma falta de inteireza que é 'preenchida' a partir de nosso exterior, pelas formas através das quais nós imaginamos ser vistos por outros".[4] É importante notar então que a identidade se forma a partir de uma eterna busca por completude, processo que é deslocado constantemente pela diferença — a criação do *outro* a partir da noção de um eu. Essa perspectiva aponta de maneira psicanalítica como o social se torna um fenômeno paradigmático na construção das identidades, enfatizando a diferença como um elemento-chave na relação entre poder e cultura.

Em um artigo que aborda relações raciais no Brasil, Nilma Lino Gomes exemplifica como a questão da diferença se torna uma peça interpretativa na discussão das identidades: "Nesse sentido, o *meu* mundo, o *meu* eu, a *minha* cultura, são traduzidos também através do outro, de *seu* mundo e de sua cultura, do processo de decifração desse outro, do diferente. É como um processo de espelhamento".[5] Tal processo de reconhecimento da diferença não é simples, pois através dele imagens e definições podem ser construídas a serviço de um jogo de interesses e poder. (Pode-se notar esse fato quando grupos minoritários historicamente discriminados, como negros e LGBTQIA+, são representados nas diversas mídias como unilaterais e estereotipados.)

Uma importante crítica também é feita quando a questão da diferença não só se torna, mas se *materializa* como essência única, imutável e inquestionável — em outras palavras, quando uma marca do sujeito se torna a sua única e mais proeminente característica. Entretanto, seguindo a lógica da teórica indiana Gayatri Spivak, é possível reconhecer a necessidade e a importância de marcar a diferença como um processo de resistência na representação de sujeitos subalternizados e marginalizados pela história, resultando, assim, em um uso estratégico da própria ideia de "essência" como ferramenta de sobrevivência.

A noção de um "essencialismo estratégico" faz uso de essências com visíveis interesses políticos,[6] deixando claro seu objetivo de desconstruir a noção do sujeito sem perder de vista a importância de reconstruir histórias previamente ignoradas. Essa perspectiva permite instituir a diferença como um fator de afirmação da existência de sujeitos que não são absorvidos por uma estética dominante e que marcam seu lugar político.

Apesar de sua contribuição, utilizar o termo sem criticar a noção de sua existência pode gerar, sem dúvida, uma estagnação política que não será capaz de desmantelar a casa do mestre — como nas palavras de Audre Lorde. Por isso, faz-se necessário debater a noção de identidade como permeada por diversos fatores — sexualidade, gênero, classe etc. —, a fim de elaborar as diversas facetas assumidas na fragmentação do sujeito e enfatizar que "as dimensões pessoais e sociais não podem ser separadas, pois estão interligadas e se constroem na vida social".[7]

Para a leitura aqui proposta, busca-se explorar as relações entre identidade e raça para além de fenômenos isolados, sugerindo como o espaço intersticial se torna uma ferramenta crítica em *De passagem*. A discussão sobre identidade e raça põe em evidência a branquitude como elemento de criação de privilégios no romance e repensa a própria interpretação do que significa a expressão "se passar" no texto.

A questão da raça como elemento identitário não pode ser ignorada, afinal, esta diferença reafirma posições privilegiadas no âmbito de estruturas sociais extremamente racializadas, como no caso da sociedade norte-americana — não só aquela retratada por Nella Larsen, mas também a de hoje, como o movimento Black Lives Matter expõe. O terreno da arte ainda se mostra profícuo para retratar as injustiças sociais no contexto norte-americano, como atestam os poemas de Claudia Rankine, em *Cidadã*, ou o romance jovem de Angie Thomas, *O ódio que você semeia*.

No campo das ciências sociais, o termo "raça" ainda gera debates acerca de sua definição. Para Hall, raça "não é uma categoria biológica ou genética que tenha qualquer validade científica",[8] apesar da diferença genética ainda ser utilizada como um fator de distinção, o que o teórico chama de "refúgio das ideologias racistas".[9]

Em estudos contemporâneos, a palavra adquire uma nova interpretação que aponta para a construção discursiva do sujeito. É nesse campo de interpretação de raça que percebemos que ela se torna um elemento de classificação social, o que leva ao termo "raça social", utilizado por alguns estudiosos. Gomes define raça como "construções sociais, políticas e culturais produzidas nas relações sociais e de poder ao longo do processo histórico",[10] ressaltando que não são construções da natureza, ou seja, um dado que está aí, pronto para ser analisado. Ela demonstra que raça se constitui no contexto da cultura, pois é a partir desta que aprendemos a ver negros e brancos de maneiras diferentes, segundo a forma como somos socializados e educados.

Ao privilegiar raça como um traço de tensão na formação da identidade, é inevitável esbarrar no conceito de identidade racial que, conforme Janet Helms, é definido como

> um sentimento de identidade coletiva ou grupal baseado sobre uma percepção de estar compartilhando uma herança racial comum com um grupo racial particular [...] é um sistema de crenças que se desenvolve em reação a diferenciais percebidos no pertencimento a grupos raciais.[11]

Para Helms, o pertencimento se torna um *elemento* de identificação e alimenta a força de um grupo a partir daqueles compartilhados que unem os sujeitos deste grupo. Compreendida dentro da perspectiva de uma identidade negra, essa forma de identificação ilustra o enxergar a raça como conceito discursivo utilizado para manter grupos minoritários fora de qualquer posição de poder na estrutura social — afinal, há muito a perder quando se permite que a branquitude se torne um objeto de estudo, especialmente na construção do outro.

Ao falar sobre identidades negras e raça, não se pode deixar de realçar como a branquitude também é um produto histórico e que, segundo Lia Vainer Schucman, pode ser entendida como

> uma posição em que sujeitos considerados e classificados como brancos foram sistematicamente privilegiados no que diz respeito ao acesso a recursos materiais e simbólicos, gerados pelo colonialismo e pelo imperialismo, e que se mantêm e são preservados na contemporaneidade.[12]

Enquanto Schucman se debruça sobre a sociedade brasileira, percebemos um traço em comum com o contexto estadunidense: o medo do branco de perder privilégios. Ser branco nos Estados Unidos constitui uma posição de poder na qual o sujeito, conscientemente ou não, participa de processos de estabilização de códigos e condutas que subjugam aqueles pertencentes aos grupos minoritários.

Um exemplo popular que ilustra a branquitude consciente de seus privilégios foi a paródia feita pelo programa humorístico *Saturday Night Live* do lançamento do álbum *Lemonade*, de Beyoncé. No vídeo com atmosfera de filme de terror, os brancos não enxergavam a cantora como negra devido ao processo de embranquecimento pelo qual ela passou ao longo da carreira.

Um exemplo literário de como a branquitude se constrói como um desejo nem sempre tão inconsciente nas relações sociais é o primeiro livro de Toni Morrison, *O olho mais azul*. Publicado em 1970, o romance descreve o sonho da jovem Pecola: ter olhos azuis, o que significaria ser aceita em uma sociedade na qual ela é rejeitada por ser negra, pobre e feia. Seria a porta de entrada para uma vida melhor, e nenhum leitor desavisado ignora a rasteira cruel que Morrison cria na obra: os olhos azuis são a metáfora do privilégio branco.

Nascida em 1891, Nella Larsen publicou apenas dois romances em vida, *Quicksand* (1928) e *De passagem* (1929). Na década de 1920, mudou-se com o marido para a região do Harlem, na cidade de Nova York, onde teve contato com escritores e artistas que fariam parte do movimento conhecido como Renascença do Harlem. Tanto *Quicksand* quanto *De passagem* receberam elogios da crítica e se tornaram populares à época; porém, sofrendo com a depressão e o divórcio, Larsen nunca mais escreveu, e morreu aos 72 anos, isolada em seu apartamento no Brooklyn. O misterioso mundo de Larsen se torna ainda mais tentador quando seus breves romances, após anos fora do mercado, passam a ser objeto de estudos recentes.

Mesmo curta, a história narrada em *De passagem* ilustra em diversos níveis as dificuldades vividas por duas mulheres negras no início do século XX nos Estados Unidos. Apesar de terem se conhecido na infância, Irene e Clare não parecem nutrir uma amizade próxima. Quando o pai desta última morre, ela é levada embora pelas tias, e Irene nunca mais a encontra, ouvindo sobre ela apenas por boatos. Anos mais tarde, as duas se esbarram por acidente em um hotel em Chicago quando estão de passagem pela cidade. Entretanto, o inusitado momento de encontro demonstra a tensão do romance, uma vez que o hotel obedece às então vigentes Leis de Jim Crow, que barravam a entrada de indivíduos negros em seu ambiente. Tanto Clare quanto Irene conseguem se passar por mulheres brancas porque a cor de sua pele não é considerada tão escura quanto a de outras mulheres, e utilizam essa "vantagem" para conseguir fugir do preconceito.

Surpresa com o encontro, Irene descobre que Clare se casou com um homem branco e, mesmo contrariada, aceita conhecê-lo. Para a surpresa de Irene, o marido de Clare não conhece o passado da própria esposa e demonstra abertamente seu racismo, além de não reconhecer Irene como negra. Irene então promete que nunca mais falará com Clare, mas se mostra incapaz de ignorá-la e acaba aceitando e permitindo que ela participe de diversos eventos com convidados em sua maioria negros.

Nitidamente aflita e desconfortável com a perigosa vida que Clare leva, Irene se questiona sobre a moralidade (ou a ausência desta) nos limiares que Clare habita; afinal, o que aconteceria se o marido de Irene descobrisse sobre a família negra de Clare? Após diversos momentos de tensão, o romance termina com a trágica morte de Clare, que cai acidentalmente da janela de um apartamento ou é empurrada por Irene ou pelo próprio marido.

Publicado em um momento tão fundamental como o modernismo americano, *De passagem* é emblemático em vários aspectos. Primeiro, o livro ecoa a preocupação modernista de fragmentação do sujeito após o descentramento que as teorias de Freud, Marx e Darwin levaram a cabo. Segundo, é parte do renascimento da presença do negro como artista na sociedade, simbolizado na Harlem Renaissance. Entretanto, a preocupação com a formação psicológica das personagens e a compreensão da identidade como fragmentada também se tornam um questionamento pós-moderno e, analisando *De passagem* sob uma óptica que privilegia identidade e raça, é possível perceber como, de certa forma, o romance de Larsen anuncia um foco que se tornaria central em muitos livros publicados após o movimento dos direitos civis e a guinada pós-estruturalista.

O primeiro paradigma que a autora parece propor é o próprio título como uma questão: o que significa "passagem/passar"? Tanto Clare quanto Irene conseguem "se passar" por mulheres brancas e utilizar esse privilégio para conseguir escapar da armadilha social. Apesar disso, Irene julga Clare por abusar do artifício, uma vez que ela própria jamais escondera de seu marido, também negro, sua condição de mulher negra e suas reflexões sobre a prática. Ela diz: "É engraçada, essa coisa de 'se passar'. Nós desaprovamos e ao mesmo tempo toleramos isso. Causa desprezo, mas ainda assim admiração. Evitamos com uma estranha repulsa, mas protegemos quem faz" (pp. 78-9). Se não aprovam que alguém se passe por branco, por que Irene aceita fazê-lo? Sendo algo que desperta desprezo, ainda que seja admirável, como lidar com aqueles que fazem dessa estratégia uma ferramenta de sobrevivência?

Por um lado, Irene parece se orgulhar de ser negra e organiza eventos para a comunidade do Brooklyn, porém se passa por branca para obter os mesmos privilégios que critica em Clare. Por outro, Clare alterna entre ser branca ou negra indiscriminadamente, tornando esse limiar tão tênue que nem mesmo Irene a reconhece no hotel em um primeiro momento. Nesse sentido, "se passar" assume uma conotação de identidade racial em que Clare deseja ter contato com negros, pois anseia pela oportunidade de se sentir à vontade: "Você não sabe, não é capaz de imaginar o quanto desejo ver pessoas negras, estar com elas mais uma vez, falar com elas, ouvir suas risadas" (p. 97).

A prática de "se passar" não é algo isolado que apenas Larsen tenha notado e elaborado literariamente. Uma possível inspiração para o romance foi o conto "Passing", de Langston Hughes, também integrante da Renascença do Harlem. No conto, um personagem escreve uma carta para a mãe após ter passado por ela na rua e a ignorado por estar acompanhada pela namorada. Por razões que o rapaz descreve, sua namorada não sabe sobre o passado dele, logo não conhece suas raízes negras, além de também deixar claro que ele obteve sucesso em uma empresa trabalhando para um chefe racista. Esconder-se sob um manto branco significa ter acesso aos privilégios de uma branquitude que acredita que negros são inferiores ou que existe uma democracia onde todos têm as mesmas oportunidades — não seriam os Estados Unidos a terra da oportunidade, do "sonho americano"?

Assim como no conto de Hughes, outro sentido para "passagem/passar" no romance de Larsen seria o fato de Irene e Clare terem "passado" uma pela vida da outra, em momentos inesperados e surpreendentes. Inicialmente na infância e logo depois na vida adulta, Irene e Clare parecem viver de esbarrões ocasionais até a decisão de Clare participar com mais frequência não só dos eventos negros, mas também da vida familiar de Irene e seu marido.

Ao se tornar presença marcante no dia a dia de Irene, Clare deixa transparecer mais um sentido para o termo "passar": a nem tão sutil tensão homoafetiva entre as duas. Ao decidir que não mais se associará com Clare por causa não só de seu marido, mas também pelo comportamento dela, Irene não consegue manter a promessa de ignorar Clare. Pelo contrário, suas falas se tornam afetivas e ilustram um momento em que a própria compreensão de identidade como fixa passa por um momento de fragmentação levemente *queer*.

Quando Clare não recebe resposta para sua carta, decide visitar Irene sem avisar e entra no quarto sem bater. Irene é pega de surpresa com um beijo nos seus cachos e segura a mão de Clare em admiração: "Olhando para a mulher à sua frente, Irene Redfield foi acometida por uma repentina e inexplicável afeição. Ela pegou as duas mãos de Clare e falou alto, com algum assombro na voz: 'Meu Deus! Como você está adorável, Clare!'" (p. 89). A tensão fica mais evidente quando o jogo do texto torna ambíguo o ciúme que Irene sente — de seu marido com Clare ou da atenção que Clare dá a seu marido? O trecho configura mais que uma questão de raça e pressupõe que não existe uma sexualidade concreta e única, deixando no ar o subtexto homoafetivo de se passar por hetero em uma sociedade que criminaliza a homossexualidade.

Uma última interpretação para "passagem/passar" seria a cena final do romance, a da queda e morte de Clare. Em inglês, o verbo *to pass* também significa "falecer", deixando espaço para argumentar até que ponto a própria prática de "se passar" não estaria aproximando Clare de seu trágico fim. Casada com um marido racista, o que seria dela se ele descobrisse sua verdadeira cor? Essa é a pergunta que o romance faz quando John Bellew descobre que a esposa está em uma festa com convidados negros e percebe que ela havia mentido durante toda a relação. A descoberta certamente bastaria para justificar um empurrão para a morte.

O que não se pode ignorar é que o texto de Larsen coloca Irene na frente de Clare segurando-lhe a mão como se fosse protegê-la, porém é nesse momento que a sociedade negra descobriria que Irene também "se passava" por branca através de vestimentas e atitudes. Será que aquele círculo de negros de classe média compreenderia a posição de Irene ou a julgaria? Nesse caso, teria Irene empurrado Clare para fugir da tribuna social que a aguardaria após as revelações de John e Clare?

Essas indagações demonstram que uma leitura apressada e superficial do romance apenas colocaria a questão da presença da identidade negra como fundamental, ignorando que esta não é um monumento sólido e estável. Muito pelo contrário, *De passagem* exemplifica que a própria noção de branquitude deve ser questionada a fim de ilustrar que o debate acerca de identidades não deve se dissociar da questão de raça. Para Maythee Rojas, não se pode pensar como uma sociedade seguirá em frente sem debater raça, mesmo com aqueles que insistem em minimizar a relevância do assunto com a noção de que vivemos em um mundo pós-racial.[13]

Rojas sinaliza que questionar como raça, classe, gênero e sexualidade se tornam elementos na construção de nossas identidades permite a discussão e subsequente conscientização de como construímos hierarquias que sustentam estereótipos e suposições acerca do outro.[14] São essas hierarquias que instrumentalizam processos de silenciamento e invisibilidade que fomentam a noção de uma hegemonia cultural em que todo aquele que se diferencia de um estabelecido padrão precisa ser ameaçado, ignorado e apagado.

Portanto, pensar que Clare e Irene seriam lados opostos de uma moeda — porque a primeira se vale da prática de "se passar" para alcançar objetivos materiais, e a segunda parece ter uma consciência crítica da mesma situação — não é uma questão absoluta. Quando Irene opta por ser vista como uma mulher branca, está *performando* uma identidade e, conscientemente ou não, alimentando a hegemonia, esse "mecanismo monstro que mantém todas as formas de opressão no lugar".[15] É esse mecanismo que dita a Clare e Irene que elas precisam ser justamente aquilo que não são, como acontece com Pecola em *O olho mais azul*.

Não se trabalha aqui com uma noção de culpa, crime ou vítima, pois *De passagem* permite enxergar como a prática de "se passar" se torna uma forma de sobrevivência em um ambiente extremamente racializado, gendrado e patriarcal como a década de 1920. Novamente de acordo com Rojas, as mulheres aprendem a sobreviver respondendo ao desejo de uma estrutura social que as apaga e, como consequência, a operar dentro dos dois mundos.[16] Clare compreende desde cedo com suas tias que ela precisa se despir de sua identidade negra para se encaixar no mundo branco onde teria mais oportunidades, o que a leva a se casar com um homem branco com boas condições financeiras. Entretanto, suas questões se tornam extremamente inquietantes quando ela percebe que não pode mais sustentar a ilusão. Por sua vez, Irene alimenta outras formas de ilusão: o casamento com um homem negro, a vida de classe média em Nova York, o papel como organizadora de eventos. Todos esses fatores representam, diretamente ou não, o papel gendrado da mulher, beirando uma personagem estereotipada da dona de casa.

Debater as relações entre identidade e raça, sem minimizar a relevância de outros fatores como classe e sexualidade, nos mostra que ainda existe um caminho a ser percorrido a fim de desmistificar a falácia de um mundo pós-racial. Não é por acaso que, ao elaborar um verbete sobre "raça", o estudioso pós-colonial Thomas Bonnici realça a existência de uma "carga negativa que durante séculos se acumulou ao redor desse termo [fazendo] com que se leve obrigatoriamente em consideração as delimitações e as qualificações contidas no termo 'racismo'".[17]

Falar de raça ainda causa desconforto, especialmente quando se busca demonstrar de que maneira as estratégias de manutenção da branquitude funcionam como processo de hierarquização. Fosse *De passagem* escrito hoje, poderíamos pensar que o cerne do romance não mudaria: as questões identitárias de Clare e Irene ainda são tão cruciais hoje quanto nos anos 1920. Por isso se faz necessário que as identidades se tornem elementos-chave para abrir esse caminho por vezes tão tortuoso e espinhoso. A própria política de identidade não é mais uma questão monolítica para se referir às ideologias de diferença "que caracterizam movimentos politicamente motivados ou movimentos de crítica literária (multiculturalismo) nos quais as diversidades ou a etnia funcionam como o problema principal do debate político".[18]

## Notas

1 Uma versão deste texto foi publicada na revista *Travessias Interativas* em 2018 (n. 16, v. 8) sob o título "*Truth was, she was curious*: Identidade e raça em *Passing* de Nella Larsen".

2 Toni Morrison, *Playing in the Dark: Whiteness and the Literary Imagination*. Nova York: Vintage, 1993, p. x.

3 Stuart Hall, *A identidade cultural na pós-modernidade*. Rio de Janeiro: DP&A, 2006, p. 13.

4 Ibid., p. 39.

5 Nilma Lino Gomes, "Alguns termos e conceitos presentes no debate sobre relações raciais no Brasil: Uma breve discussão". In: Ricardo Henriques (Org.), *Educação anti-racista: Caminhos abertos pela Lei Federal n. 10.639/03*. Brasília: Secad/MEC, 2005, p. 42.

6 Spivak apud Priyamvada Gopal, "Reading Subaltern History". In: Neil Lazarus (Org.), *The Cambridge Introduction to Postcolonial Literary Studies*. Cambridge: Cambridge University Press, 2012, p. 147.

7 Nilma Lino Gomes, op. cit., p. 42.

8 Stuart Hall, op. cit., p. 62.

9 Ibid., p. 63.

10 Nilma Lino Gomes, op. cit., p. 49.

11 Helms, apud Maria Aparecida Silva Bento, "Branquitude: O lado oculto do discurso sobre o negro". In: Maria Aparecida Silva Bento; Iray Carone (Orgs.), *Psicologia social*

*do racismo: Estudos sobre branquitude e branqueamento no Brasil*. Petrópolis: Vozes, 2002, p. 155.

12 Lia Vainer Schucman, "Branquitude e poder: Revisitando o 'medo branco' no século XXI". *Revista da ABPN*. Goiânia, v.6, n. 13, p. 136.

13 Maythee Rojas, *Women of Color and Feminism*. Berkeley: Seal, 2009, p. 4.

14 Ibid., p. 4.

15 Ibid., p. 7.

16 Ibid., p. 9.

17 Thomas Bonnici, *Teoria e crítica literária feminista: Conceitos e tendências*. Maringá: Editora da Universidade Estadual de Maringá, 2007, p. 226.

18 Ibid., p. 147.

Frederick Douglass

# Narrativa da vida de Frederick Douglass

*Tradução de*
ODORICO LEAL
*Introdução de*
IRA DWORKIN

Publicada pela primeira vez em 1845, *Narrativa da vida de Frederick Douglass* detalha de forma poderosa a vida do abolicionista norte-americano desde seu nascimento na escravidão, em 1818, até a fuga para o Norte em 1838. Seu relato passa por toda brutalidade que sofreu, mas também por seu caminho de aprendizado e letramento.

Reconhecido como um dos maiores defensores do fim da escravidão no século XIX, Douglass repetidas vezes arriscou a própria liberdade para se manifestar contra o regime da época.

Além da autobiografia, esta edição contém o famoso discurso do autor sobre o Dia da Independência dos Estados Unidos, "O que é o Quatro de Julho para o escravo?"; um artigo publicado após um episódio de racismo no Norte do país, "Preconceito de cor"; e um breve ensaio sobre a história do racismo, "A linha de cor".

LEIA MAIS PENGUIN-COMPANHIA

CLÁSSICOS

Solomon Northup

## Doze anos de escravidão

Narrativa de um cidadão de Nova York
sequestrado em Washington em 1841
e resgatado em 1853 de uma plantação de algodão
perto do rio Vermelho, na Louisiana.

*Tradução de*
CAROLINE CHENG
*Posfácio de*
HENRY LOUIS GATES JR.

Considerada a melhor narrativa já escrita sobre um dos períodos mais nebulosos da história americana, *Doze anos de escravidão* narra a história real de Solomon Northup, um negro livre que, atraído por uma proposta de emprego, abandona a segurança do Norte e acaba sendo sequestrado e vendido como escravo.

Depois de liberto, Northup publicou o relato contundente de sua história, que se tornou um best-seller imediato. Hoje, 160 anos após a primeira edição, *Doze anos de escravidão* é reconhecido como uma narrativa de qualidades excepcionais. Para a crítica, o caráter especial do livro deve-se ao fato de o autor ter sido um homem culto que viveu duas vidas opostas, primeiro como cidadão livre e depois como escravo.

Edith Wharton

# A época da inocência

*Tradução de*
HILDEGARD FEIST
*Introdução de*
CYNTHIA GRIFFIN WOLFF
*Notas de*
LAURA DLUZYNSKI QUINN

No descompasso entre seus desígnios juvenis e as rígidas regras do Bom Gosto e do Bom Tom que balizam a velha Nova York no fim do século XIX, está o abastado advogado Newland Archer. Prestes a se casar com a inocente May Welland, ele conhece a prima de sua noiva, a condessa Olenska.

Apaixonado por ela e exasperado pelas restrições do mundo a que pertence, Archer vagará em busca da verdadeira felicidade ao mesmo tempo que procura amadurecer, imerso nas tradições que se vê obrigado a seguir.

"Um estudo das complexas e íntimas relações entre coesão social e crescimento individual", como destaca na introdução Cynthia Griffin Wolff, ensaísta e especialista na obra da autora, *A época da inocência* é um olhar generoso para o passado; com maturidade, Wharton busca compreender os valores que guiaram a sociedade dos Estados Unidos até a Primeira Guerra Mundial, para então saudar a nova era que estava começando.

Esta obra foi composta em Sabon por Alexandre Pimenta
e impressa em ofsete pela Geográfica
sobre papel Pólen Natural da Suzano S.A.
para a Editora Schwarcz em agosto de 2022

A marca FSC® é a garantia de que a madeira utilizada na fabricação do papel deste livro provém de florestas que foram gerenciadas de maneira ambientalmente correta, socialmente justa e economicamente viável, além de outras fontes de origem controlada.